捨戒《しゃかい》

九条 洋

文芸社

一

本堂に座する弔問客の額から止めどもなく汗が流れ落ちた。もうすぐ暦の上では秋が来ようというのに、気が狂いそうな暑さは一向に衰えを見せようとはしない。江戸初期、四代将軍家綱の代からの古い歴史を持つここ、川崎の〈光輪寺〉は、数年前に熱心な檀家からの寄進をもって改築された。もちろん、この本堂にも冷房設備が設けられた。しかし、この年の観測史上記録的な暑さは、集まった人々の人いきれもあり全くその用を成さない。壁に掛けられた温度計は三十一度を指したままである。

祭壇に向かって、二百人ほどの喪服に身を包んだ親類縁者達が通夜の経に耳を傾けていた。しかし、深い悲しみに包まれているという悲壮感は微塵だに漂ってはいなかった。今夜の仏は九十二歳の天寿を全うした。所似《いわゆる》「大往生」である。別れの悲しみとともに、故人にとって良い人生であったという思いが弔問客の間にはあった。それがせめてもの救いである。

この寺の住職である芳顕《ほうけん》は、七十八歳のその年まで幾多の魂を彼の岸まで送り届けてきた。

「死」は、当然のことながら「人」を選ばない。老若男女、善人悪人、富を持つ者、持たざる者。様々な人間が様々な業を抱えたまま、芳顕から授けられた戒名を携えその経によって俗界を離れていった。

元より、一度亡者となれば現世の柵《しがらみ》などは何の意味も無い。幾年生きる者は全て前世の業に従ってこの世に生を受けたに過ぎない。全ての亡者は自らの役柄をこの世で演じ、彼の岸に業という草鞋《わらじ》を履いたまま旅立って行く。

この世を去って行く者に対して、すべからく芳顕は同じ心で接しているつもりである。しかし、今夜のように幸せだった魂を送り届ける時に、何となく心が和むのはこの世に対する柵が芳顕の心の中に未だ残っている証拠だろう。

読経の声のみが静まり返った本堂に響きわたる。各々が故人の冥福を祈って炊いた香は本堂いっぱいに漂う。無数の花が手向けられた祭壇に向かって、歳老いた痩せた芳顕が一心に経を唱え続ける。体つきこそ華奢ではあるが、幾つもの皺を刻んだその顔から発せられる眼光は、ある種の安らぎと同時に何事にも動じぬ厳しさをも感じさせた。赤い法衣を身に纏《まと》い、無心に経を唱えるその姿からは、理屈抜きの威厳が感じられた。

芳顕の隣には、共に経を唱和する中年の僧がいた。頑丈そうな広い肩幅、日に焼けた黒い顔、そして日本人離れした大きく高い鼻。彼は最下級の僧に許される鶯色の法衣に身を包んでいた。

その僧は、時折傍らに置いてある良く磨き込まれた金色の鐘を打ち鳴らしていた。祭壇を見つめる彼の眼光は、どこか芳顕とは別の世界を見つめているように感じられた。二人の僧の読経の声とそれに合わせる鐘の音が醸し出す空気は、居並ぶ人々をして現世から彼岸へ誘うのではないかという幻想さえ感じさせるに十分であった。

およそ二十分ほどの読経を終えると二人の僧は本堂を出た。弔問客に劣らず、きちんと法衣を身に着けた二人の額からは大粒の汗が滴り落ちた。別棟に向かう廊下で、後に従う中年の僧に芳顕が話しかけた。

「善蔵、どうなってるんだこの暑さは。この年寄りを殺すつもりか」

「お父さん、このくらいで死なれちゃ困りますよ。もう一週間くらいは暑さが続くそうですよ」

「早く着替えて、ビールでも飲もうじゃないか」

「そうですね、そうでもしなくちゃたまらないですね」

「善明も直き帰ってくるじゃろう」

二人の僧は、住職一家の二階建ての住まいが設けられている別棟へと入って行った。善蔵は部屋に入るなり法衣を脱ぎ、ズボンとシャツ一枚の姿になった。妻の幸子の姿はない。

通夜の読経が終われば、女たちは急に忙しくなる。亡骸《なきがら》と一夜を過ごす親族の応対に追われることになる。食事の用意に始まり、酒、肴、そして寝具の準備まで。これだけの事を芳顕の妻の千代、次男の善明の妻春子、そして幸子が助け合いながら切り回すのである。

従って、善蔵が一階の居間に降りた時、父の芳顕は新聞に目を通しながら一人でグラスを傾けていた。傍らでは、善明の一人息子の昭夫が三毛猫の〝ダンク〟と戯れていた。

「猫は己が人間に飼われているとは思っていない」という説がある。善蔵もこの説を信じている一人である。それを知ってか知らずか〝ダンク〟もどうやら善蔵が嫌いらしい。この夜も、善蔵が頭をなでようとすると「ニャーン」と言ったきり、部屋の隅へ逃げ出してしまった。

「僕も一杯もらおうか」

そう言いながら食器戸棚から善蔵はグラスを取り出した。芳顕の飲んでいるビール瓶を手にすると、善蔵は自分勝手にそれを注ぎ込む。善蔵はそれほどいけるたちではない。せいぜい中瓶一本程度である。一口飲み込むと、「ふうーっ」と息をしながら思わず言う。

「あー、うまい。やっぱり暑いときはこれに限るなあ」

「おや、お前さんにもビールの味が分かるか」

新聞から目を離さずに父の芳顕が答えた。

「おや、ここにある弁当は食べていいのかな?」

テーブルの上に重ねてある四つの弁当を見て善蔵が言った。

「それ食べておいでって、おばあちゃんが言ってたよ」

と昭夫が答えた。

「腹が減ったし、早速頂くとしようか。お父さんも食べませんか?」

「うん、わしも頂くとするか。昭夫も一緒に食べよう」

三人は蓋を取ると、夕食の弁当をほおばり始めた。

「善明の奴、随分遅いな。何かあったのかな?」

善蔵はそれには答えず新聞のテレビ覧をめくった。壁の柱時計は七時を少し回っていた。

「巨人と阪神がやっている。今日の先発は誰だ?」

善蔵は部屋中を見回した。通夜のごたごたの中で十畳ほどの居間は乱れ放題、どこに何があるのやらさっぱり分からない。

「昭夫、テレビのリモコンを知らないか?」

小学五年生の昭夫はオウム返しに答えた。

「知らないよ、ボク」

善蔵は仕方なく、テレビの前まで行くとあちらこちらそこいら中のボタンを触りまくった。それを見ていた昭夫が、たまりかねたように側に駆け寄ると言った。

「だめだめ、スイッチはこれだよ。どうして分かんないの?」

子供にしかられながら、やっとお目当てのナイターが映し出された。弁当のおかずを肴にビールをちびりちびりやりながら、善蔵の心は球場の中に入ってしまう。こうなると誰が何を行っても無駄である。例え女房の幸子が話しかけようと、父の芳顕が小言を言おうと、返事は「うん、うん」だけである。ほおっておくのが一番と皆心得ている。

九時を少々回った頃、玄関で「ただいま」と言う声がした。

「あっ、お父さんが帰ってきた」

待ちかねていた昭夫が玄関に駆け出して行った。その声と入れ替わりに、紫の法衣に身を包んだ弟の善明が居間に入って来た。善蔵とは対照的に細身で背が高く、その上色白である。唯一の共通点と言えば鼻が高いところだろう。

「暑かったじゃろう」

父の芳顕がねぎらいの言葉をかけた。善蔵はと言えばテレビに見入ったままである。

「暑いのなんのって、『暑さのせいで、時に神様も気が狂う』というけれど、この暑さは半端じゃないね。お経を上げていた時は気が張っていたからそうでもなかったけれど、帰り道の暑いこと暑いこと」

「着替えて風呂にでも入ったらどうだ。下田さんのところはどうだった?」

芳顕は気になっていた事を口にした。今夜次男の善明が経を上げにいった檀家の仏様は、齢二十八でこの世を罷《みまか》ったお嬢さんであった。それが運命であるとは言え、生きるべき年月を残したままの死に向かい合う時、例え僧であろうとも胸が痛まずにはいられない。

「ご両親もすっかりふさぎ込んで、声をかけるのも気の毒な感じだったな。本当に可哀想なことをしたなあ。あの若さで癌とはねえ。半年前までは平気でテニスなんかしていたそうですからね。人間なんて本当にはかないもんだ」

善明がこう言うと、父の芳顕は両手を合わせ眼をつぶり念仏を二度唱えた。すると善明も追いかけるように唱和した。善蔵はというと、全く我に関せずテレビに見入っている。いつものことである。

そうこうしているうちに、一区切りついたとみえ、女性群が居間に帰り俄然騒々しくなった。九時半を回りナイター中継が終了する頃、テーブルを囲んでお茶の一時となった。その場を仕切るのは芳顕の妻の千代である。

「善明、下田さんの家はどうだった? 奥さんは大丈夫だった?」

やはり千代も芳顕と同じことを気にかけていたのである。

「うん、やはりみんな落ち込んでいたよ。無理もないよなあ。あんな若い上に一人娘だからなあ」

善明が今更ながら同情の弁を述べた。

「奥さんにしてみれば、せめて花嫁姿を見たかっただろうに。本当に可哀想なことをしたねえ」

下田家の奥さんをよく知っている千代は、自分の事のように深い溜息をついた。

「なあにそんなに悲観する事はない。阿弥陀如来が、『もう良いからお出でなさい』と言っただけさ。そこへ行くと、わが家は悪人ばかりだから当分その心配はないな」

善蔵が脇から口を入れると、

「つまらない事を言わないで下さいよ、あなた！」

と女房の幸子が口を尖らせた。

「本当ですよ。他人様の不幸の時に、何てことを言うのですか！」

千代が二の太刀をあびせた。

嫁と姑の関係などどこ吹く風、この二人は至って仲が良く、決まって善蔵に共同戦線を張る。多勢に無勢、かしましい女二人を相手では歯が立つはずもない。このような場合は早めに和平を結ぶのが得策である。

「さて、そろそろ帰ろうか、明日早いんだろう？」

そう言って善蔵が妻の幸子を促した時、玄関で電話のベルの音がした。

「あら、誰かしら？」

幸子は手にしていた茶碗をテーブルに置くと、急いで玄関へ走って行った。何気なく善蔵は柱時計に眼をやった。九時四十五分を回るところであった。玄関から幸子の呼ぶ声がした。

「あなた、電話よ、電話！　風間さんからよ！」

「風間？　風間君がどうしたんだ？　また呼び出しじゃないだろうな。勘弁しろよ」

そう言いながら、ゆっくりと善蔵は重い腰を上げた。

「あなた。聞こえてるの？　早く、風間さんよ」

せっかちな幸子は機関銃のように追い打ちをかけた。善蔵は玄関に置いてある電話を手にした。

「もしもし、田草川《たぐさがわ》だが」

「あっ、善さんですか？　やっぱりそっちだったんですね。家へかけても出ないから、多分実家の方だと思って電話をしたんです」

夜勤で署に詰めていた風間哲夫の少々うわずった声が受話器から響いてきた。

「どうした、事件か？」

「まだ事件かどうかは分かりません。救急隊からの連絡ですが、変死のようです」

「場所はどこだ？」

「これから言いますが、いいですか？」

「ちょっと、待て」

善蔵は手元のメモ用紙を引き寄せるが、ペンが見あたらない。

「おーい、幸子、何か書くものをくれ。ペンだ、ペン！」

どこを捜したらよいか分からず狼狽《うろた》えている幸子を見かねて、母の千代がボールペンを取り出し幸子に手渡した。妻の手からひったくるようにそれを受け取ると、善蔵は風間の言葉を筆記し始めた。

「いいぞ、言ってみろ。南青山のA学院の裏、スナック〈アズナブール〉、一応正確な住所と電話番号は？　うん、うん、うん、分かった」

「私はこれからすぐ出ますから、善さんも大至急来て下さい」

受話器の向こうで風間が真剣そうな声で訴えた。

「分かった、これからすぐに行く。それから、できる限り他の客にも残ってもらってくれ。鑑識の手配もすまんが頼む」

「了解しました。それじゃあお願いします」

善蔵はメモを読み返しながら傍らの幸子に言った。

「よりによって通夜に出動命令だ。これからすぐ出かける。多分遅くなると思うから、先に帰って寝ていてくれ」

「はいはい、分かりました。スナックって、酔っぱらいの喧嘩か何かですか？」

「いや、変死と言っていたからそうじゃないみたいだ。とにかく行ってみないことには何が何やらさっぱり分からない」

善蔵は急いでネクタイを締め、上着を着ると玄関のドアを開け「行って来るよ」と言ったきり、あたふたと外へ飛び出して行った。

「どうした、また何か事件か?」

芳顕が心配そうに幸子に尋ねた。

「ええ、スナックで誰かが変死したとか何とか言ってました。よく分かりませんが」

善蔵と連れ添ってこのようなことに慣れきった幸子は、いつものことですと言うように平然とした顔をして答えた。


善蔵は表通りに出るとタクシーの来るのを待った。外は昼間の猛暑そのままの熱帯夜であった。郊外へ向かう車は沢山あってもこの時間都心へ向かう車は少ない。いらついた善蔵はポケットからタバコを取り出すと、気を静めるように火をつけた。何度か煙を吐き出しているうちに、空のタクシーが一台つかまった。転げるように乗り込むと彼は言った。

「南青山のA学院の近くまで頼む」

後部シートに身を沈めた善蔵に運転手が話しかけた。

「お客さん、これから一杯ですか?」

「バカ言え、仕事だ」

「これから仕事ですか、大変ですね」

確かに運転手の言う通りである。こんな時刻に仕事に出かける人種はそう多くないだろうと善蔵も内心そう思った。

＊

「どうしても行くのか？」

二十余年前の冬の夜、本堂の冷たい床の上に善蔵は座していた。その彼を立ったままの芳顕が見下ろしていた。

「はい」

身じろぎもせずに善蔵は答えた。

仏教系の大学を卒業後、芳顕の跡取りとなるべく善蔵は本山で修行を積んだ。その長男が突然寺を継ぐことを放棄するなど、芳顕にとって夢想だにしないことであった。芳顕は肩で大きく息をすると言葉を継いだ。

「なぜだ？　古来、名だたる善知識は全て出家の身で凡夫を導いたではないか？」

「その話はもう何度も致しました。いまさら蒸し返すつもりはありません。私のわがままと思って下さい」

芳顕は確認するように聞いた。

「僧籍を捨てるのか？」

即座に善蔵は答えた。

「いいえ、捨てません。今でも私は釈尊を信じています。信じているからこそ、ここを出るのです」

芳顕は善蔵の前に片膝をつくと、その眼を見据えながら言った。

「そのような僧に対して世間の眼は厳しいぞ。それに耐える覚悟はできているのか？」

「その程度の覚悟無くしてこのような決心は致しません」

善蔵も芳顕の眼を正面から見つめてそう言った。

芳顕は再び立ち上がると善蔵に背中を向けた。その小さな背中に善蔵は眼をやった。心なしか小刻みに震えているように感じられた。やがてその背中から振り絞るような、父の子に対する寂しげな声が響いてきた。

「親鸞上人ですら、ご子息の善鸞を意のままにすることはできなかった。ましてや、わしのような未熟者にそれができずとも何の不思議があろうか。お前が本心からそう思うなら、そうしなさい。わしはもう何も言わない」

それきり現在まで、芳顕は二度とこの話を持ち出す事はなかった。善蔵は、今でもその時の寂しげな父の後ろ姿を思い出す。

長男の善蔵がこの寺を継ぐ事を放棄したことにより、その弟の善明の人生も軌道修正を余儀なくされた。普通のサラリーマン一年生として働いていた彼は、両親の説得に応じて僧侶としての修行に入る決心をせざるを得なかった。

今でも善蔵は弟が苦手である。自分のわがままから弟の人生を狂わしてしまったという後ろめたさがずっと残っている。そして、〈光輪寺〉を出て一人暮らしを始め、僧侶とは全く無縁な刑事という職業を選んだ。勤務先は赤坂北署である。

もちろん、この事は檀家衆をも驚かせた。しかし、故人のためにより多くの僧にお経を上げてもらいたいという想いからだろうか、「ご長男さんにもお経をお願いします」という申し入れが度重なった。善蔵は刑事でありながら亡骸を弔うという、誠に妙な人生をおくるはめになったのである。

善蔵を乗せたタクシーは渋滞する反対車線の車の列を後目に、真っ直ぐに事件現場である港区南青山へとひた走った。腕時計に眼をやると十時五分であった。風間たちはもう既に現場に着いている頃だろう。

二

「あっ、善さん。ご苦労様です」

A学院の側でタクシーから降りその塀づたいに探しながら歩くと、雑居ビルの上に〈アズナブール〉という青い袖看板が目に入った。ビルの五階のドアを開けると、すぐに風間の声が響いてきた。「ご苦労さん」と言いながら善蔵は店内を見回した。五十坪ほどの上品な店であった。やや暗めな照明の下で、背広姿の男が仰向けに倒れていた。

「この方かね?」

「ええ、そうです」

風間が答えた。

善蔵は側へ歩み寄ると、いつもそうするように両手を合わせて念仏を唱えた。店内には十七、八人の人間がいた。三人の女は格好から判断して店の人間だろう。蝶ネクタイの頑丈そうな男はバーテンらしい。すると客は十三、四人か。善蔵はとっさに頭の中で勘定した。鑑識が既に仕事を始めていた。

善蔵は死体のそばで腰をかがめ、その顔をのぞき込んだ。年の頃三十五歳前後か。厚い唇に、太い眉。栄養が十分に行き届いていそうな肌。百七十センチほどの恰幅の良い体つきである。淡い紺色の背広はその光沢からすぐに絹製と見てとれた。袖口に眼をやると、金色のロースが覗いている。普通のサラリーマンでないことは一目瞭然であった。

ゆっくりと立ち上がった善蔵の耳元で検死官が囁いた。

「死体の状況からして、薬物による中毒死でしょう。いずれにしても解剖ですね」

善蔵は深く頷くと、声を大きくして店内にいる連中に言った。

「みなさん、赤坂北署の田草川です。お急ぎでなければ、あと三十分ばかりご協力をお願い致します」

「えーっ、あと三十分?」

「困ったな、もっと早く終わらせてくれよ」

そんな不満の声があちこちから聞こえてきた。それに構わず善蔵は言った。

「ママさんはどちらにおいでですか?」

すると「はい、私ですが」と言って、胸の部分が大きく開いた薄い紫色のドレスを着た女性が善蔵に歩み寄った。間違いなく美人である。四十五、六歳くらいだろうか。小柄ではあるが、肉感的で男好きがするタイプと言えるだろう。ただし、小さな唇と細く切れ上がった眼は見るからに利口そうである。

職業がら、水商売の女性と話をする機会は多いが、やはりこの世界でもママになる女性はひと味違うといつも思う。容姿が端麗なだけでは務まらない。話がうまいだけでも務まらない。やはり賢さが彼女たちの共通点であるように思える。一つの事に答えていても、頭の中では次の局面に備えている。今自分の目の前にいるこの女性もそんなタイプである、と善蔵は直感的に思った。

「えー先ず」と言いかけて善蔵は風間を眼で探した。

「おーい風間君、皆さんに事故があった時と同じ席に座ってもらって、どんな様子だったか聞いてくれ」

大声で店の奥にいる風間に向かって言うと、再びママと話を再開した。鑑識のたくフラッシュが眩しい。

「先ず、ママさんの名前を聞かせて下さい」

ママは右手を頬につける仕草をしながら落ちついた声で答えた。

「店での名前は京子。生年月日は昭和……」

まだ聞いてもいない生年月日までも答えるこの女性は、現在の自分の置かれた立場を完全に理解していると善蔵は思った。

「ああ、結構ですよ。それでこの方が来られたのは何時頃ですか」

「私が今日、お店に出たのが八時頃でした。それからほんの三十分くらいしてから来ましたから、多分八時半頃だったと思います」

京子は右手を頬から離すと今度は腕組みをしながら思い出すように話した。

「よく知ったお客さんですか」

「ええ、私が銀座のお店で働いていた頃からのお客さんです。藤枝さん、その方藤枝さんとおっしゃるのですが、藤枝さんが大学生の時からのお付き合いです」

大学生の時分から銀座で飲み歩くとは半端な人間じゃないなと思いながら、善蔵は仏さんの方へチラッと目をやった。再び視線をママの方へ戻すと善蔵は質問した。

「という事は、常連のお客さんというわけだ。なるほど、それで藤枝何というのですか?」

「『藤枝巌』さんというのです。あっ、ちょっと待って下さい」

そう言うと京子はカウンターの中に入った。何か探しものをしている体《てい》である。十メートルほどの立派なカウンターである。壁にはきれいなグラスがぎっしりと並べられていた。改めて善蔵は店の中を見回した。

入り口のドアの突き当たりにカウンターがあり、残るスペースにボックス席が全部で八個並んでいる。カウンターの奥にはカラオケの機械が備えてあり、入り口ドアのすぐ左に「TOILET」と金文字を張り付けたドアがある。意匠にはかなり高級感があり、普通のサラリーマンが立ち寄るようなところとは思えなかった。善蔵がしばし店の中に見入っていると、いきなり京子の声が耳元でした。

「ありました。この方です」

そう言いながら、彼女は一枚の名刺を善蔵に差し出した。善蔵はその名刺を受け取ると、声を出して読み上げた。

「えー、〈銀座瑞光〉、代表取締役、藤枝巌。あれ、この〈銀座瑞光〉というのは、あの有名な宝石店のことですか？　あの老舗の……」

驚いたように言うと、横たわっている男を善蔵は再び見つめた。

「ええ、そうなんです。この方はあそこの社長さんです。まだ若いですけど」

確かに、あんな老舗の社長にしては随分若い男だと善蔵は思った。それと同時に、これは少々やっかいなことになったものだとも思った。

〈銀座瑞光〉と言えば、東京中で知らぬ者はない有名店である。そこの社長がスナックで変死したとなれば、うるさいマスコミの格好の餌食である。捜査も世間の注目を集めることになる。それはつまり、善蔵にとってこの先仕事がやりづらくなることを意味する。しかし、だからと言っていまさら引き返すわけには行かない。

「それで、八時半頃に来てどこに座っていたのですか？」

気を取り直すように善蔵が聞くと、彼女は遺体がある前のボックスシートを指さし、今度は一気に話し出した。

「ここに座って飲んでいたんです。そうして九時半頃にうめき声を上げて急に苦しみだして、床に倒れこみました。みんなビックリしてしまって、私が急いで電話で救急車を呼びました。倒れた時は激しく痙攣《けいれん》していましたが、その後は救急車が来るまで全く動きませんでした。救急車の方が来て見ていましたが、もう亡くなっていますからこれは警察を呼んだ方がいいでしょうと言って、自分で電話をされたのです」

あとでこの電話をした救急隊員に聞いたところ、遺体の状況から薬物による中毒死の可能性が高いと判断したので、すぐさま警察へ通報したとのことであった。

「なるほど、分かりました。それでは彼がこの店に来た時から順番に、なるべく詳しく話してもらえませんか。先ずそこへ座ってどうしました？　何を飲みました？」

善蔵は、落ちついて噛んで含めるように聞いた。

「巌さん、あの、藤枝さんはウィスキー以外は飲みません。最初にビールを一杯だけ飲んで、その後はずっとウィスキーです。いつもウィスキーボトルをキープしているんです」

なるほど、テーブルの上には名前を書き込んだタッグ付きのウィスキーボトルがあった。

「倒れ込むまでに何杯ぐらい飲んでいたんですか？」

「この人はかなり強い人で、一度来るとボトルを半分ほどは開けます。そうですね、五杯か六杯くらいは飲んでいたと思います」

話を聞きながら、この男と彼女の関係には微妙なものがあると善蔵は感じた。この男のことを呼ぶ時に、「藤枝さん」と呼んだり、「巌さん」あるいは「あの人」と苦労している様子が見てとれたからである。

テーブルの上にある二脚の飲みかけのグラスに目をやると、善蔵は京子に尋ねた。

「あのビールグラスは誰が使っていたものですか？」

「ええ、一つは私が使っていたものです」

「それではもう一人、他の方が相手をしていたわけですね。その方にも話を聞きたいのですが、どの方ですか？」

善蔵は店の中の人間たちへ目をやった。

「そのグラスは、藤枝さんと一緒に来た女性が使っていた物です」

しかし、京子はそちらへは眼もくれずに答えた。

「一緒に来た？　それでは彼は二人でここへ来たのですね？　で、その女性はどの方ですか？」

善蔵は再び女性の姿を求めて店の奥に目をやった。

「それが……その方、いなくなってしまったのです」

ママの京子は、当惑したように再び右手を頬に持っていきながら答えた。

「いなくなった？」

善蔵は思わず声を大きくした。

「いなくなったと言うと……どうして早くそれを言わないのですか！　いなくなったのはいつ頃のことですか？」

「どうしてと言われても……藤枝さんが倒れて、救急車が来たときまでは確かにいたのですが……その後、いつ、いなくなったのか分からないんです。本当にいつの間にかいなくなってしまったんです。梶原君、そうよね？」

それまで彼女の側で、黙ってやり取りを聞いていた若い男が口を開いた。

「そうなんだよ。いつの間にかいなくなっちまったんだ。確か、倒れたときは『藤枝さん！藤枝さん！』ってしきりに呼んでいたよ。救急隊の人が警察に電話をしてた時には確かにいたんだ。それはオレも見ていたから間違いないよ。だから、いなくなったのはその後の事だと思うな、きっと」

「どんな感じの女性ですか？　年格好とか顔の特徴とか、できるだけ詳しく教えて下さい」

善蔵の問いに京子は記憶をたぐり寄せながら断片的に答え出した。

「背の高さは百六十五くらいかしら。丸顔で色白な大人しい、上品な感じの人でした」

「服装は？」

「白い半袖のブラウスに、少し短めの紺色のタイトスカートだったと思います」

「年齢はどのくらいですか？」

「三十前後だと思いますけど」

「他に特徴はありませんでしたか？」

できる限り詳細な情報を得ようと問いかける善蔵に、京子は再び記憶を辿るように首を傾げていたが、思い出したように答えた。

「特徴と言っても……ああ、そう言えば手袋をしていました」

「手袋？」

「ええ、白いレースの手袋をしていました」

「この暑い最中に手袋をしていたのですか？」

怪訝《けげん》そうに尋ねる善蔵に京子は答えた。

「別に不思議はないと思いますけど。ちょっとおしゃれな女性なら真夏でもすることはありますよ。最も、はずしてしまえばそれまでですから、探す手掛かりにはならないでしょうけど」

京子の言葉に頷きながら善蔵は次の質問をした。

「その女性がこの店に来たのは今日が初めてですか？」

「いいえ、私の記憶では、確か、今日が二回目だと思います」

京子が答えた。

「という事は、その女性のことをある程度はご存知なんですね？」

善蔵は畳み掛けるが、それに対する彼女の返事は至って頼りなかった。

「それが……あまりよく知らないんです。確か、前に見えたのはもう半年以上前の事ですから。ほとんど覚えていないんです。ただ、藤枝さんはその人の事を〝ゆみこ〟って呼んでいました。それ以外、詳しいことは分かりません。どこに住んでいるとか、どんな仕事をしているとかは……」

「〝ゆみこ〟にも色々あるけど、どんな字を書くのか分かりませんか？」

「いいえ、分かりません。ただ〝ゆみこ〟としか……」

これは埒《らち》があかないと思いながら善蔵は質問を続けた。

「彼は誰かと一緒に来ることが多かったのですか？　お客さんの接待とか」

「いいえ、接待とかでここを使うことはありませんでした。何というか、連れてくるのはいつもプライベートな関係の人みたいでした。ええ、そうでした」

「主に男性ですか、それとも女性ですか？」

「ええ、女の方です。男性と一緒のところは見たことがありません。もっとも、たまにですけれど。一人で来ることの方が多かったですね」

この辺はあとで詳しく聞かなければ、と善蔵は思った。

手帳にメモする手を休めると、先ほどから気になっていたシートの上に置かれたアタッシュケースを指さしながら善蔵は聞いた。

「これはこの方の持ち物ですか？」

「ええ、そうですよ」

「いつも持っているのですか？」

「いいえ、いつもは手ぶらなんですけどね」

京子が不審そうに答えた。善蔵は試しにそれを持ってみた。

「やあ、これは結構重いな。何が入っているのかな？」

よく見ると、そのトランクには、ダイヤル式の鍵がついている。善蔵が開けようとしたが案の定開かない。

「まあいい。署に帰ってからゆっくり調べるとしよう」

そう言うと、善蔵はそのトランクを鑑識に手渡した。

鑑識も指紋の採集を終えていた。善蔵は風間に声をかけた。

「風間君、そちらはもういいかな。そろそろ引き上げるぞ」

「はい、オーケーです」

風間が大きな声で答えた。

「ところでママさん、彼の自宅の電話番号と住所をご存知ありませんか?」

善蔵が再び彼女に尋ねた。

「ええ、手帳に控えてあります。ちょっと待って下さい」

そう言うと、また彼女はカウンターの向こうに潜り込んだ。カウンターに近づき、のぞき込むと善蔵は京子に聞いた。

「ところで、今日ここにいるお客さんはみんな常連のようですね」

「ええ、ウチはほとんど常連のお客さんばかりです。知らない方はおりません」

それを聞くと善蔵は店内にいる客に向かって言った。

「今日のところはこれで結構です。申し訳ありませんが、自宅の住所と電話番号を書いてもらえませんか。それと名刺を一枚置いていってください。また後ほど、協力頂くようになると思いますがよろしくお願いします。それでは、どうも長時間ご苦労様でした」

もう既に時計は十一時半を回っていた。ママから藤枝の電話番号を受け取ると善蔵は言った。

「風間君、家族へ連絡してあげなさい。これから安置所に運ぶから」

「えーっ、オレがですか。弱ったな。分かりました」

風間は気乗りがしない返事をした。もっともなことである。鑑識が善蔵に確かめるように「もう運んでいいですね?」と聞いた。

「うん、もういいよ。ご苦労さん」

そう答えながら、おもむろにママの方へ向くと善蔵は言った。

「店の人は全部で四人ですか?」

「はい、四人です」

「それでは申し訳ありませんが明日午後三時に、全員赤坂北署まで足を運んでもらえませんか。そんなに手間は取らせません。色々とご協力を願いたいと思いますので」

店の人間はお互いに顔を見合わせたが、「しょうがないですね、明日三時に行けばいいのですね? 分かりました」とママの京子が答えると、他の三人もしぶしぶ頷いた。

「それじゃ、今夜はこの辺で失礼するか。風間君、行こう」

善蔵は風間を促すとドアを開けた。するといきなり、「田草川さん」と善蔵を呼ぶ声がする。なじみの新聞記者であった。出口で待ちかまえていたのである。

「田草川さん、〈銀座瑞光〉の社長さんだそうですね」

「死因はなんですか。病死ですか？」

「事件の可能性は無いのですか？」

矢継ぎ早に質問を浴びせてくる。

「仕事とは言え、あんたの熱心さには敬服するよ。だけど今夜は何も言うことはありゃせんよ。早く帰って寝た方が利口というもんだ」

善蔵たちは、付きまとう新聞記者を振り払うと車に乗り込んだ。新聞記者は、それでも満足が行かず、善蔵の名前を呼びながら車の窓を叩き続けた。車は赤坂北署に向かって走り始めた。

「奴さん、必ずあの店の連中からいなくなった女の事を聞くだろうな。これは一騒動起きるな。困ったもんだ」

善蔵は腕組みをしながら、うなるようにそう言うとポケットからタバコを取り出して火をつけた。ゆっくりと煙を吐き出しながら前方をじっと見つめた。煙がフロントガラスに当たり、車内に立ちこめる。

「それにしても、その女は何者なんだろうな。なぜ姿を消しちまったんだ？」

独り言のように善蔵がつぶやくと、今まで黙り込んでいた風間が口を開いた。

「その女が何かをしたということでしょうか？　常識的には」

「うん、そういうことになるのかな。しかし、公衆の面前だからな。ただ、その女が手袋をしていたと言うのがどうも気になる。単なるお洒落だったのか、それとも他に理由があったのか……」

「指紋を残さないように手袋をしていたとは考えられませんか？」

「うーん、それも十分考えられる」

「いずれにしても、その女が何者なのかが分からないと、埒があきませんね」

「うん、そうだな。ところで仏さんの家はどんな様子だったね？」

ここで初めて善蔵は亡くなった男の家の事を思い出した。

「ビックリしてましたよ。当然ですけどね。奥さんが出たんですけど、世田谷だそうですからほどなく着くでしょう。気の毒ですね。善さん、相手をお願いしますよ」

「馬鹿を言え。こういうのをいい経験と言うんだ。風間君、君、相手をしてみろ。困ったら私が加勢してやるから心配するな」

昨年刑事課に配属されたばかりの風間哲夫は、今時の若者らしく身長が百八十センチもあるがっちりとした体格である。身長が百六十五センチ足らずの善蔵とともに歩く時、後ろから見る限りどちらが先輩か分からないような感じである。その大きな体の上に、まだ純情そうな顔が乗っかっている。しかし、もうこれ以上出世の可能性がない善蔵とは違って、この若者はれっきとしたエリートなのである。

一流の大学を卒業してこの世界に入る人間は少ない。赤坂北署で数年過ごせば、その次には間違いなく本署行き。末は警視庁の幹部にはなろうという人材なのである。但し、そうは言っても現在のところは未熟な、ただの青年に過ぎない。誰かが面倒を見なくてはいけないが、誰もそんなことを自ら進んでやる人間はいない。そこで、課長の松隈はその役を善蔵に押しつけた、とこういうわけである。

頭を丸めた坊主と刑事の二股人間と認識されている善蔵は、松隈のような人間にはそれほど評価されてはいない。ただ現場でのたたき上げとして重宝されているだけである。従って新人を教育するにはもってこいと松隈は考えたのである。それくらいは善蔵にも察しはつく。あの課長の考えそうなことである。

但し、善蔵はこの若者を決して嫌いではない。同じエリートでも自分より年下のくせに、自分を半ば馬鹿にして「おい、和尚さん」などと呼ぶ松隈などよりはよほど上等だと思っている。自分に子供がいないせいだろうか、善蔵は風間に仕事を教えることにある種の楽しさを感じていた。この青年は、まだ世の中の事は分からないが、仕事に対する一途さでは先輩に負けていなかった。今の世の中、言われなくとも自ら進んで徹夜仕事をする若者は珍しい。善蔵は自分の経験した事は全てこの若者に教えてやろうと思っていた。

教育という点では、今夜の出来事はひょっとすると、もってこいの教材になるかもしれないという予感が善蔵にはあった。善蔵の長い刑事生活の中でも、数少ない妙な臭いが漂ってくるのを感じたからである。

車はネオンの輝く青山通りを抜けて、ほどなく赤坂北署に着いた。

「風間君、すまんがお茶を一杯入れてくれないか」

風間は照明の消えた廊下を歩き給湯室へ行くと、二人分のお茶を机の上に出した。善蔵と風間の二人は、藤枝の妻が来るのを事務所でお茶を飲みながら待ち受けていた。藤枝の冷たくなった体は地下の安置所に横たわっている。これからの事を考えると風間は落ちつかない。椅子に座ったり立ったりを繰り返している。

「風間君、あまりそわそわしなさんな。少し落ちつきたまえ」

見かねて善蔵が言うと、風間が困り果てたように聞いた。

「奥さんが来たら、先ず最初に何と言ったら良いでしょう?」

「お悔やみの言葉を最初に言う必要はない。先ず、『こちらです』と言って安置所に案内しなさい。それから遺体の顔を見せたら、すぐに『ご主人に間違いありませんか』と聞きなさい。間違いないと確認したら、『お気の毒様です』と言って丁寧に頭を下げなさい。そして、これからが一番肝心なところだが、相手の気持ちが落ちついたころを見計らって、『死因に不審な点があるため、申し訳ありませんが法律上解剖をさせていただきます。従ってご主人をお返しするのは明日になります』とはっきり言いなさい」

本来、善蔵がやるべき難しい応対であったが、風間の教育のために敢えて善蔵は彼にやらせようと思ったのである。風間もだいたいのストーリーが飲み込めたと見えて、落ちつきを取り戻したように感じられた。

「若い頃の苦労は買ってでもせよ」とは言うものの、こんな苦労はあまり何度もしたくはない。

事務所の窓ガラス越しに外を見ていた二人の眼に、正門を通って来る車のヘッドライトが眩しく映った。真っ白い大型のベンツであった。その車は構内に滑り込むと、静かに停車しヘッドライトの灯りを落とした。やがて、中から女性らしき人影が降り立った。

「来たようだな」

善蔵が風間に問いかけた。

「ええ」

風間は緊張からか、それだけ答えた。

ほどなく、藤枝と名乗る女性が来ている旨の内線電話が守衛から入った。こちらに案内するように伝えると、守衛に付き添われて紺色のノースリーブのワンピースに身を包み、白いハンドバックを小脇に挟んだ女性が現れた。善蔵は待っている間、亡くなった男の俗っぽい雰囲気から判断して、金ぴかの装飾を身につけた小太りな女性の姿を頭の中に描いていた。しかし、その予想は見事にはずれた。背丈こそさほど高くはないが、すらりと均整のとれた体型。そして何よりも驚かされたのがショートカットの髪型が良く似合う、理性的な顔立ちである。このまま どこかの教壇にたたせても違和感はないとさえ感じられた。

善蔵は引き込まれるように彼女の黒く大きな瞳を見つめた。そして、思わず彼女に話しかけようとしたその時、風間が口を開いた。

「藤枝さんの奥さんですね？」

「ええそうです、藤枝の家内です。主人が倒れたそうですが、今どちらに？」

「ご案内します。どうぞこちらへ」

善蔵に教えられた通りに答えると、先頭に立って風間は歩き始めた。その後に善蔵と藤枝の妻が続く。三人はひんやりとした地下へ続く階段を降りて行った。

やがて、風間は安置所の前で立ち止まると、ゆっくりドアを開け「どうぞ」と言って彼女を中に入るように促した。彼女の眼に、白い布で顔を覆われベッドに横たわっている夫の姿が飛び込んで来た。一瞬、それを見た彼女はたじろぎその場に立ちすくんだが、やがておぼつかない足どりでベッドに横たわっている夫の側へ歩み寄った。風間が顔を覆っていた白い布を取り去った。「あなた」と一言彼女は言った。そしてその後は無言のままそこに立ち尽くした。やがて両手で顔をおおうとその場にしゃがみ込んだ。すすり泣く声が風間の耳に響いた。そんな彼女を呆然と見つめていた風間が、気を取り直したように口を開いた。

「ご主人に間違いありませんね？」

その問いに対する返事はなかった。しかし、よりいっそう嗚咽が激しくなった事で、もはやそれ以上聞く必要もなかった。

「大変お気の毒様です」

そう言って、風間と善蔵は深々と頭を下げた。

ここまでは善蔵に教えられたように演じられたが、さて一番問題のフレーズをいつ言ったものかと風間は頭の中で考えた。その瞬間に彼女の方から声が発せられた。

「一体どうしてこんな事に、どうしてこんな急に……」

その瞬間、風間は言葉に詰まってしまった。風間にはここまでが限界だと判断した善蔵が助け船を出した。

「奥さん、詳しい事は事務所の方でお話しましょう」

彼女を風間が抱きかかえるように支えながら、三人は安置所を後にした。

事務所の応接セットに彼女を座らせると、善蔵は風間にお茶を入れさせた。ハンカチで涙を拭う彼女に善蔵は言った。

「お茶でも飲んで気を落ちつかせて下さい」

彼女が一口お茶を飲み込んだところで、善蔵はおもむろに名刺を差し出した。

「私、刑事課の田草川善蔵と言います」

それを見ていた風間もあわてて名刺を渡した。

「同じく風間です」

彼は一言だけつけ加えた。

「ご主人の死因は、今のところまだはっきりと分かっていないのです」

そう言いながら、隣に座っている風間の体を善蔵は指でつついた。風間はとっさにそうと気づき、あわてて口を開いた。

「奥さん、誠に申し上げにくいのですが、ご主人の死因に不審な点がありまして、その……」

ここでちょっと風間は言葉に詰まったが、思い直したように続けた。

「法律上、解剖をしなければなりませんので、ご主人をお返しするのは明日になります。お気の毒ですが、ご了承下さい」

「解剖と言いますと？」

善蔵が風間の言葉に補足をつけた。

「ご主人は現在のところ、変死という事になっています。つまり、死因がはっきりしていない

ということです。その死因をはっきりさせるために、法律上解剖をしなければならないという
ことです。お気の毒ですが」
「不審な点とはどういう事ですか。病死ではないのですか？」
彼女は腑《ふ》に落ちないという顔をして善蔵を見つめた。
「まだ断定はできませんが、薬物による中毒死の疑いがあるのです」
善蔵は彼女の眼を見ながら答えた。彼女はそれでもにわかには信じがたい、というような顔
をして二人の顔を見比べた。
「薬物の中毒死……どういうことなのですか？」
風間が自らを落ちつかせるように、大きく一つ呼吸をすると口を開いた。
「奥さん、単刀直入に言うと、ご主人は誰かに殺された可能性があるということです」
「殺された？　なぜですか？　誰に？　主人は人に恨まれるような人間ではありません。絶対
にそんなことは……私には考えられません」
「いずれにしても、明日解剖結果が出ればはっきりした死因が分かるでしょう。奥さんにも
色々お伺いしたいことがありますが、また改めて電話でご連絡をします。今日のところはこん
な時間ですので、お引きとり頂いてゆっくりお休み下さい」
彼女の疑問を遮るように善蔵は言った。

ハンカチで涙をふきながら、「失礼します」と言って彼女は丁寧に頭を下げた。やがて照明が消えた暗い廊下を出口の方へ消えていった。肉感的ではないが、利口で魅力的な女性であると善蔵は思った。

彼女を見送ると、風間はソファーに座り込みハンカチで顔の汗を拭った。

「あー疲れた、もうへとへとですよ、善さん」

「ご苦労さん。こんな経験は初めてだから大変だったろう。でもたいしたもんだ。初めてにしては上出来だったよ」

「オレ、本当に緊張しちゃいましたよ、善さん。むずかしいですね、こういうのって。なにしろ不幸のどん底にいる人が相手ですからね。でも本当に可哀想でしたね、あの奥さん」

「うん、商売がらとは言え嫌なもんだな。ただ、長年やっているともっと悲惨なケースはたくさんあったな。不幸のどん底にいる人間に対して慰めにはならないがね。あの奥さんは、少なくとも亭主が死んだために生活に窮することはなさそうだからな。まだ良いほうだろう」

煙草の煙をゆっくりと吐き出しながら善蔵は言った。

「そうですね。なにしろ、〈銀座瑞光〉の社長さんですからね。でも、なぜ薬物死なんだろう？殺しってことですかね？」

「九十九パーセント、殺しだなこれは。明日から忙しくなるぞ。覚悟しておけよ、風間君。すまないが、明日の朝までに大体のあらましをレポートにまとめておいてくれ」

「はい分かりました。それで、明日からどうなるのでしょう?」

「明日会議を開いて、今後の捜査方針を決めることになる。これから先は力仕事だよ。今日はもう帰るとしよう」

時計はもう既に夜中の二時を回っていた。外に出ると、街はもうひっそりと深い眠りについていた。ただ、それをおおう空気の暑さは昼間と全く変わらない。風間と別れ人気のない大通りでタクシーを拾った。行き先を告げるとオウム返しに運転手が言った。

「旦那さん、こんな遅くまで飲んで午前様ですか?」

「馬鹿言え、飲んでなどいるものか。仕事だよ、仕事」

「仕事ですか? こんな夜中まで、どんな仕事をされているんですか?」

「見ての通り、坊主だよ、坊主」

「えっ、坊主? 坊主と言うと……」

運転手はバックミラー越しに、田草川善蔵の坊主頭をしげしげと見つめた。

三

鑑識課の部屋に、現場のテーブルの上にあった物品が並べられていた。善蔵と風間の顔を確かめると、鑑識課長の北浜は隣に立っている鑑識係長に言った。

「それじゃ細谷君、説明を始めてくれるかな」

係長の細谷は頷くと、はっきりした声でゆっくりと話しはじめた。

「それでは説明します。先ず検死官によると、死亡推定時刻は昨夜の九時半頃と考えられるそうです。最も、死因とあわせ正確には解剖の結果を待たなければなりませんが、死体の硬直、顔面の赤みから考えて、青酸化合物による中毒死と考えて先ず間違いないだろうとのことです。我々鑑識の結果からもそれを裏付ける事実が出てきています。押収物の鑑識結果ですが、ウィスキーグラスの中に残っていたウィスキーから、青酸反応が出ました。ここに置かれているもので青酸反応が出たのは、このウィスキーグラスだけです。従って誰が入れたかは別として、ウィスキーグラスに入れられた青酸化合物を飲み、死に至ったものと思われます」

聞いていた善蔵が、眼をこすりながら口を開いた。昨夜はほとんど寝ていない。とにかく眠いのである。

「オードブルなどからは出ていないのだね？」

「はい、他のものからは一切出ていません。直接グラスに入れたのは間違いありません」

善蔵はうなり声を上げるように言った。

「直接入れるとは、随分大胆なやり方だな」

そして、ひときわ目立つ小振りのアタッシュケースに眼をやった。

「その中身はなんでした？　昨夜持ってみた時は随分重いようでしたが」

「鍵が特殊なものでまだ開けていません。今、開けられる人間を呼んできますから待っていて下さい」

そう言うと細谷は部屋を出て行った。

「警察にこんなの開けられる人間がいるんですか？」

不思議そうに風間が聞いた。

「泥棒を捕まえる人間が、錠前くらい開けられても不思議はないでしょう？　風間君」

鑑識課長の北浜がそう言うと、善蔵も頷きながら一緒に笑っている。やがて細谷が白髪の鑑識課員を連れて戻ってきた。

「本庄さん、この鍵なんだけど、どうかな?」

本庄と呼ばれた老齢の男は、トランクの連続ダイヤルを見るなり言った。

「こんなありきたりの鍵じゃ張り合いがないね。子供でも開いちゃうよ、こんな物は」

「どうだ、風間君。警察にはいろんな人間がいるだろう。この本庄さんはね、下手な泥棒より鍵を開けるのが上手なんだよ、なあ本庄さん?」

「善さん、泥棒と一緒にしないでくれよ。ワシのは立派な趣味なんだから」

トランクを寝かせ、手の感触を確かめるようにゆっくりとダイヤルを本庄は回しはじめた。

居合わせた全員がじっとそれを見つめた。ほどなく本庄の手がぴたりと止まった。その瞬間、善蔵の眼が鋭く光った。

「これでよしと、さあ開きますよ」

本庄の手が金具をスライドさせると、〝カチン〟という乾いた音とともに鍵は開いた。そして本庄がアタッシュケースをゆっくりと開いた。次の瞬間、のぞき込んだ全員が言葉を失った。

しばしの沈黙を破ったのは若い風間だった。

「何ですかこれは! こんなにたくさん、どうしたんでしょう?」

「こんなものが入っていたとはな。驚きだなこりゃ、うーん」

善蔵がうめいた。

トランクの中から現れたものは、一万円札の束であった。しかも、それは全く蟻の這い出る隙間もないほどぎっしりと詰め込まれていた。

「幾らくらいあるんだ。三千万くらいかな」

鑑識課長の北浜が押し殺したような声で言った。

「いや、もっとあるでしょう。数えてみましょうか、ちょっと待って下さい」

白髪の本庄は、白い手袋を両手にはめると札束を数えはじめた。その束を十束ずつ山にする。それは二十になり、三十になり、やがて四十の山になった。

「こりゃすごいわ。四千三百万もあるよ!」

数え終わった本庄が素っ頓狂な声を張り上げた。

「札の帯封に銀行の名前が入っているし、これだけの現金だ。どうやって出されたかだいたいのところは調べれば分かるだろう」

善蔵が我に返るようにつぶやいた。

「なにか曰《いわ》くのある金でしょうかね?」

善蔵の顔を伺いながら風間が聞いた。

「通常、商売の上でこれだけの大金を動かす時には銀行振り込みだ。もし持って歩く必要があるとしても小切手が常識だよ。こんな多額の現金は持ち歩く必要はない。それから考えても、何か特殊な事情があったのだろう」

北浜も善蔵の言葉に大きく頷いた。

「善さんの言うとおりだね。善さん、これは何だかやっかいな事件になりそうだね」

「うん、変死体、消えた女に、今度は現金ときたもんだ。面倒な事になったな」

積み重ねられた札束をじっと見つめながら善蔵は考え込んだ。

*

その日の午後三時に約束通り、スナック〈アズナブール〉のママを先頭に従業員三人が赤坂北署に現れた。幾分緊張した面もちの彼らに向かって善蔵は言った。

「いや、どうもご苦労さん。今日は、いなくなった女性のモンタージュの作成に協力してもらいます。なに、そんなに手間は取らせません。一人当たり三十分ほどで済みますから」

そう言うと、善蔵は彼らを事務所から別室の前の廊下へ連れて行った。

「一人ずつこの部屋に入ってもらって、係官の指示に従って下さい。後の方はこのベンチに座って待っていて下さい。そうですね、先ずママさんからお願いしましょうか」

善蔵は、ママの京子を中に案内すると、風間を連れて自分も中に入った。これから何が始まるのかと、風間はいぶかしげな顔つきをしている。

「風間君、これから面白いことが起こるからよく見ておいで」

善蔵が風間の耳元で囁いた。

その部屋には大きなテーブルが一つだけあり、その上にパソコンが一台置かれていた。京子に向かって係官が言った。

「その椅子にお座り下さい。そしてこのパソコンのモニターを見て下さい」

京子は緊張した面もちで椅子に腰掛けるとパソコンの画面に眼をやった。

「先ず、今から顔の輪郭を思い出して下さい。丸い顔ですかそれとも細い顔ですか？」

係官の質問に迷うことなくママは答えた。

「丸い顔でした」

「この中から近いのを選んで下さい」

そう言う声とともに沢山の丸顔のサンプルがモニターに映し出された。

「えー、八番か九番くらいかしら」

ママが答えた。

「こんな感じですか？」

「そうですね、もうちょっと細めかしら」

「これくらいでどうですか?」

「そう、だいたいそんな感じだと思います。確かそうだと思います」

大きく頷くと京子は納得したように答えた。

「では次に髪の形ですが、長かったですか短かったですか?」

係官の問いに再びママは即答した。

「長い髪型です。ちょうど、肩くらいまでのびていました」

「このくらいですか?」

モニターの丸顔の上に髪が重ね合わされた。このシステムがどんなものかを、彼女は飲み込み始めたようであった。

「長さはそのくらいですけど、ちょっとパーマがかかって……なんというか、よくあるでしょう?」

「じゃーこんな具合ですか?」

「いいえ、それよりもっと目立たない感じの……」

ママは納得がいかない体である。

「それではサンプルをたくさん出しますから、その中から選んで下さい」

係員がパソコンのキーを叩くと、モニターには再び番号がついた様々な髪型が現れた。

「えー、このくらい。いえ、こっちの十二番のような形だと思います」

ママは自信ありげに答えた。

この光景を見ていた風間が善蔵に小声で言った。

「すごいですね、こうやって作るんですね。ちっとも知らなかった」

驚いている風間に善蔵が言った。

「じっと見ていたまえ。多分、今にもっと面白い事が起こるから」

「面白いと言うと、どんな?」

「はは、今に分かるよ」

ママの指定通りにできたモンタージュは、やや丸顔で、眼が丸く大きく、髪が肩まである、鼻筋の通ったなかなか美しい女性であった。

作業が終わると係官が言った。

「これでどうですか、自分で改めて見て、良く似ていると思いますか?」

「ええ、非常に良く似ていると思いますよ」

満足そうに、彼女は何度も頷くとそう答えた。

善蔵はママの京子を部屋から出すと、次にバーテンの梶原を招き入れた。年の頃二十二、三歳というところか。何かスポーツでもやっていたのか、がっしりとした体格である。その上、どこかのタレントのような端正なマスクをしている。彼は椅子を勧められると、ちょこんとおじぎをしてモニターに向かった。ママの時と同じく係官は顔の形から聞いた。

「どちらかというと丸顔に近かったよ。痩せた感じじゃなかった」

彼は、はっきりとそう答えた。

「それでは、眼はどんな感じですか？　こんな感じでしょうか？」

そう言いながら、係官は先ほどママが選んだ眼のパーツを顔に乗せた。

「イヤー、ちょっと違います。そんなに丸くないよ。もうちょっと細かったと思うな」

「では、この中から選んで下さい」

再び眼のパーツ一覧を係官がモニターに映し出した。

「えー、えー、これかな。いや、これかな。うーんどちらかというと、これだろう」

彼が選んだ眼の形は、ママが選んだものよりは細目であった。

風間が善蔵の顔を見た。善蔵は薄笑いで風間の視線に答えた。

「それでは次に髪の形はどうでしたか。長さはどのくらいでしょう？」

係官は、かまわず質問を続ける。

「肩の上くらいのショートカットだったと思います」

彼がそう答えると、思わず風間が口を開いた。

「梶原さんそれは……」

善蔵が風間を制止させながら言った。

「すまん、なんでもないから続けて下さい」

そして、愉快そうに微笑みを浮かべながら善蔵は風間の耳元に囁いた。

「どうだ、本当に面白いだろう?」

風間は呆れて返す言葉がなかった。

それでも、各人のイメージに基づいた四枚のモンタージュができ上がった。それぞれ微妙に、もしくはかなり違った部分があった。これからどうするのかと風間は興味深く見つめた。

「さあそれでは、この四枚から一番無難なのをつくってみましょう」

係官がそういってパソコンのキーを操作すると、モニターに一枚の顔写真が現れた。

「風間君、また皆さんに入ってもらってくれ」

善蔵に促され、風間が全員を再び部屋に招き入れる。入ってきた全員に画面の顔を指さしながら係官が尋ねた。

「どうですか、この顔はその女性に似ていますか?」

四人は食い入るようにモニターに映し出された顔をのぞき込んだ。

「似ていると思います。ええ、こんな感じだわ」

真っ先にママの京子が声を上げた。

「そちらの男性の方はどうですか。似ていますか?」

係官がバーテンの梶原に水を向けた。

「似ていると言えば似ていますが、こんなに眼が大きくなかったように思うな。どうなんだろう? それと髪がもう少し短かったような気がするんだけど」

梶原は少し首をひねっている。

「他のお二人はどう思いますか?」

係官がホステスの雅美と知加子に聞いた。

「うーん、だいたいこんな感じじゃないかな。顔が、もうちょっと細いかなあ」

まだ二十歳台の活発そうな雅美が答えた。

「私はもっと若そうに見えたわ。どこがどうと言われたら困るけど」

年上の長身でグラマーな知加子が言った。

「皆さんご覧になって、当たらずとも遠からずだと思いますか? 八十パーセントくらいは似ていると思いますか?」

係官が改めて、全員に確認するように聞いた。

「雰囲気は良く似ていると思うわ」

ママの京子が答えた。

「似ているか、似ていないかと言われれば、似ている方なんだろうなあ」

バーテンの梶原も賛成した。あとの女性二人も納得したようであった。

かくして、姿を消した〝ゆみこ〟のモンタージュは、何とかでき上がった。四人が引き上げた部屋で、そのモンタージュを見ながら善蔵が風間に言った。

「どうだ風間君、面白かっただろう？」

半ば呆れ顔に風間が答えた。

「髪が長いと言う人がいれば、短いと言う人もいる。どうなっているんでしょうね」

噛んで含めるように善蔵が説明した。

「人間の記憶なんてものは、いかにいい加減なものかということだ。例えば風間君、君は昨日最後にトイレへ行ったのは何時頃かな？」

「トイレへですか？　さあ、何時頃だろう？　確か……」

「それでは最近私と一緒に昼飯を食べたのはいつかな？」

「一緒に昼飯ですか、確か、えーと、確か先々週の月曜日、いや、火曜日かな……」

「ははは、それではその時なにを食べた？」

「えー、あの時は確か、えーと……」

笑いながら善蔵が言った。

「ほらみてごらん、覚えていないだろう？　人間なんてほとんどの行為を無意識のうちにやっているものなんだ。よくドラマで、十日も前のアリバイを聞かれてすぐ答える場面があるが、あんな事はほとんどあり得ない。九十パーセントの人間はにわかには答えられないのが普通だ。もう数え切れないくらいモンタージュを作ってきたが、今日の四人はまだましなほうだ。以前には、一人が眼鏡をかけていたと言い、もう一人はかけていなかったと言い張る。そんな極端な例もあったくらいだよ」

「へー、そんなこともあるんですか。驚きですね」

感心し尽くしたように風間が言った。

「従って風間君、例えその人間に嘘をつく気がなくても、事実と異なる証言をすることは日常茶飯事にあるということだ。一人の言うことだけで事実と決めつけるのは危険だということだよ。それに惑わされないようにするには、できる限りたくさんの人間から証言を集めることだ。これは犯罪捜査の鉄則だよ」

善蔵の結論を聞いて風間は大きく頷いた。

「さあこれからが忙しくなるぞ、風間君。先ず鑑識課へ行って、あそこにある証拠品を鑑識課の人間と一つ残らずリストにしてくれ。それから手帳は全てのページ、名刺は一枚残らずコピーをとるんだ、それと現場にいた人間のリストも頼む、大至急だ。私はあの四人から事情聴取をしている。終わったら君も来てくれ」

そう言い残すと善蔵は部屋を出ていった。呆然としている風間に係官が言った。

「それから、このモンタージュプリント、全部で十枚作っておいたから忘れないで持って行って下さい。あとは鑑識課へ行って一緒にリスト作りをしてください」

モンタージュプリントを受け取ると、風間もそそくさと鑑識課へ向かった。

*

小さな会議室に五人の男が手持ちぶさたに座っていた。そこへ、眼鏡をかけた長身ではあるが華奢な体格の男が咳払いをしながら入って来た。その眼鏡をかけた神経質そうな男のために、黒板を背にした椅子は空席になっていた。

腰を下ろすなり男は眼鏡越しに全員を見回した。それから、もう一つ咳払いすると格好をつけるように口を開いた。どこから出てくるのかは分からないが、中年の男にしては妙に甲高い声である。待ち受けていた男達はこの声からして先ず気に食わない。もっとも、「坊主憎けりゃ」の類に相違はないが。

「それでは始める。先ず田草川君、事件の経過を説明したまえ」

いくら物の弾みで上司になったからと言って、九つも年上の善さんを捕まえて「君」呼ばわりはないだろう、と風間哲夫は心の中で思った。その上に重ねて、「したまえ」とは無礼千万である。善蔵を慕っている風間は隣の席の善蔵にそっと視線を移した。当の善蔵はいつもと変わらぬ涼しい顔をしている。この礼儀知らずのエリート課長は、今年の四月に赴任してきて以来署員の鼻つまみであった。

「それでは、昨夜の事件について、大まかな経過を説明致します。風間君、すまないが資料を配ってもらえないかな」

言われた風間は慌てて徹夜をして作った資料を一人一人に配った。その目は真っ赤である。それもそのはず、昨夜からほとんど寝ていないのである。それでも何とかしてしまうところが「若さの勢い」というものである。資料が配られると、善蔵は事件のあらましを説明しはじめた。

「えー、事件が起こったのは昨夜九時半頃です。場所はもうご存じかと思いますが、南青山のスナック〈アズナブール〉です。死亡したのは、〈銀座瑞光〉の社長藤枝巌。当年三十八歳。死因は解剖所見によると、青酸化合物による中毒死。死亡推定時刻は二一時三〇分。先ほど鑑識から連絡があり、毒物は青酸カリと特定されました。しかも、その濃度は致死量の約四〇倍という事です。この薬物に対する知識に乏しい、素人の犯行である可能性が極めて高いと思われます」

淀みなく善蔵の説明は続いた。善蔵が説明をしている間中、課長の松隈は左足で貧乏揺すりをし、その眼の見つめる先もきょろきょろと落ちつかない。善蔵が一通りの説明を終えると、また咳払いを一つして彼は口を開いた。

「事件発生当時の関係者の位置から判断して、殺しと仮定した場合、容疑者は六人の中にいる可能性が高い。姿を消した女、ママの京子、隣のテーブルの鴨居と相馬という男、そして二人の相手をしていたホステスの知加子、ビールを運びにきたバーテンの梶原だ。これ以外の人間が仏さんのグラスに毒物を入れるという事は常識的に言って無理だろう。もっとも、これ以外にテーブルの前を通った人間がいないかどうかを調査する必要はある。同時に、これ以外の人物が共犯者である可能性も否定できない。従ってあらゆることを念頭に置いて捜査に当たる必要がある。さらにこれとは全く違った可能性も検証してみる必要がある」

また例の調子が始まったと全員が心の中で思ったが、小首を傾げながら柴田が口を開いた。

「課長、それ以外の可能性とは何でしょうか?」

課長の松隈はもったいぶったように答えた。

「自殺だよ、自殺。その可能性も視野に入れておかなければならない」

それを聞いた柴田が、即座に反論した。

「カラオケが、がんがん鳴っているスナックで自殺なんかしますかね? 私は刑事を二十年やっていますが、飲み屋で殺された人間は数多く見ています。しかし、自殺した人間に会ったことはただの一度もありませんよ」

「今までないからと言って、将来もないと言い切れるかね？ そういう風に経験に頼りすぎるから君たちはダメなんだ。その調子じゃ、捜査の方向性も間違えそうだな。いいかね、例え殺されたにしろ、単純に容疑者を追ってもらっては困る。間違えて殺された可能性だってあるんだ。事件とはそういう風に総合的に見なくてはならない。固定概念で事件に当たってもらっては困る。いいかね」

中途半端に頭の良い人間ほど始末が悪く危険なものはない。分かりもしない事を、さも分かったような事を言う。分からぬなら分からぬと正直に言えば良いものを、まことしやかな理屈を衣に着せて他人に見せつける。挙げ句の果てには無知な人間を、あらぬ方角へ連れていってしまう。似非《えせ》インテリが過去に及ぼした悪害は枚挙に暇がない。このエリート課長もそういった類の人間であった。彼はさらに重ねて、いつものようにいかにも正しそうなフレーズをもう一度言った。

「いいかね、絶対に固定観念にとらわれるな。過去の経験を絶対的と思うと判断を誤るぞ。あらゆる可能性を念頭に置いて捜査に当たってくれ」

これは明らかに一般論である。一般論で事件は解決しない。時間も金もふんだんにあるならばそれも良いだろう。しかし、ここに集まった刑事たちは限られた頭数、時間、予算の中で事件の解決をしなければならないのである。そのためには数ある可能性に優先順位をつけねばならない。それを決定する事こそ課長たる松隈の役割のはずであった。分からぬなら妙な理屈をこねず、経験豊富な善蔵に任せれば良いものを……。全員が心の中でそう思っていた。

そんな全員の気持ちなどどこ吹く風、松隈は最後の〝経験〟と言う時に善蔵の顔を見た。赤坂北署の名物刑事係長であり、この署の「主《あるじ》」的存在の善蔵は「経験」の象徴であった。

しかし、相変わらず善蔵は意に介さず涼しい顔をしている。課長の松隈はずれ落ちた眼鏡を右手で直すと言葉を継いだ。

「さし当たり分担を決めよう。死んだ藤枝とクラブのママについては田草川君と風間君が当たってくれ。その他の従業員は古賀君、いなくなった女と客に関しては、臼井君、柴田君で分担するように」

風間は、これを聞きながら妙な分担だと思った。他の刑事たちも同じ事を思ったはずである。なぜなら殺人と仮定した場合、いなくなった女が第一位の容疑者である。その担当は、誰が考えても善蔵がやるべき仕事であった。新任の松隈が意識的にその担当から善蔵をはずしたのは明らかであった。そんな空気には構わず松隈は言葉を続けた。

「繰り返し言うが、あらゆる可能性を考えながら捜査を行うこと。それから、どんな些細なことでも毎日私に対して報告を怠らないように。分かったかね？　最後にこれも分かり切ったことだが確認のため言っておく。君たちからはマスコミ関係には一切何もしゃべらないようにしてもらいたい。その関係は私があたる」

またおかしな事を言うと風間は思った。集まっている刑事たちは全て刑事課第一係のメンバーである。この係の長は言うまでもなく善蔵である。従って課長が全員に「私に対して報告を怠らないように」と言うのは筋が違う。これもまた、善蔵を無視した上での発言であることは明らかであった。課長の松隈は言うだけ言うと、「以上」と言ってそのまま会議室を出て行った。

残された刑事たちは善蔵の周りに集まった。

「なんて野郎だ、善さんどうします？」

柴田が憤慨したように聞いた。手にしていた煙草をうまそうに吸うと、善蔵は落ちつき払って言った。

「取りあえず課長の言うとおりにするんだ。勿論、最優先するのはいなくなった女だ。このモンタージュを持って、あの店の周辺から駅までしらみつぶしに聞き込みをして欲しい。藤枝が所持していた手帳にそれらしき名前はないが、念のため記入してある電話番号は全て当たってみる必要がある。それから、藤枝の店へ行って得意先を漏れのないようにリストアップしてくれ。私は藤枝の私生活を洗いながら関係のありそうな女を探す。とりあえず私と風間君は明朝銀行へ行って例の札束について調べてくる。それから、ママの京子と鴨居という男を呼んで詳しい話を聞こうと思っている。藤枝の通夜には同じく私と風間君が行くことにする。これから確認のため、各自の分担を整理してみよう。何か意見があったら言って欲しい」

黒板にやるべき仕事を列挙する。そして各自の名前を書き、それを割り振る。さらに横軸に日にちのスケールを引き、いつまでに終わらせるのかを一人一人と確認をとりながら決めていく。

全員が頷きながら善蔵の言葉に耳を傾けた。打ち合わせは深夜まで延々と続けられた。

四

「ママさん、亡くなった藤枝さんは、あの店の常連と伺いましたが、どのくらい頻繁に来ていたのですか？」

取調室の古い机をはさんで善蔵は京子と対していた。部屋の隅に置いてある小さな机では課員の古賀が供述内容を筆記していた。

「ええ、ほとんど毎週来ていただいていました。あちこち新しい店を探すようなタイプではなかったように思います」

善蔵は茶色の背広から煙草を取り出すと火をつけた。

「来るときは一週間に何度も来るのですか？　時間はどうですか？」

「週に一度か二度です。あの人、藤枝さんのお店は毎週水曜日が定休日なんです。ですから、火曜の夜はほとんど来ていました」

善蔵は頷きながら聞いていたが、また同じ事を聞いた。

「それで、時間の方は？」

「あっ、時間は割と早いほうです。それに遅くまでいることはまずありません。その後、どこかへ行くのがおきまりのパターンになっていたようです」

善蔵は、また大きく煙草の煙を吸い込むとゆっくり吐き出した。

「火曜日の夜はほとんど来ていた。来るのは早い時間。遅くまでいることはない。それで、事件の夜、または最近でもいいのですが、ママさんから見て藤枝さんに何か変わった様子はありませんでしたか？」

京子はここで、ちらっと善蔵の顔色を伺いながら言った。

「あのー、私、煙草を吸ってもいいかしら？」

「あっ、これはすみません。どうぞ、どうぞ、いっこうに構いませんよ」

彼女は、ハンドバッグから「ラーク」の赤い箱を取り出すと、白く細い指先でその中から一本を取り出し赤い唇にくわえた。善蔵が火をつけてやる。中断された話が再び始まった。

「変わったと言っても、取り立てて……何となく元気が無いなとは思っていましたが、それもふさぎ込んでいるというような風ではなく、私の思いこみかなと思う程度で……」

善蔵は、肩こりをほぐすように首をぐるぐると回すと、また煙草を口へ持って行った。

「全く違う事を尋ねますが、ママさんと藤枝さんとはどんな関係ですか？」

「あの晩、お店でも申し上げたと思いますが、私が銀座のお店で働いていた時からのお付き合いです。ですから、もう二十年以上になります。私が独立して今のお店を持った時に、藤枝さんもこちらへ来て下さるようになったんです」

京子はゆっくりと言葉を選ぶように答えた。その微妙な変化を善蔵は見逃さなかった。このような時には遠慮なく突っ込むのが定石である。

「それだけの関係ですか?」

煙草を吸う手が一瞬静止し、かすかなためらいが感じられたが、気を取り直すようにポツリと彼女は答えた。

「それだけです」

そう言い終わると彼女の顔は元の落ちつきを取り戻していた。

「そうですか。それから例の女性は二度ほど彼と一緒に来たそうですが、最初はいつ頃ですか?」

「今年の一月。ちょうど、お正月休みが終わってすぐだったと思います」

「それ以前には来た事は?」

「いいえ、ありません。その時が初めてです。商売がら、いらしたお客さんの記憶には自信があります。それ以前にはありません」

「なるほど。で、どんな様子でしたか？　服装とか、態度とか……」

「服装までは記憶にありませんが、大人しい落ちついた印象だけは残っています」

善蔵は額の汗を拭うと背広を脱いだ。ワイシャツ姿になると、ネクタイを少し緩めて、質問を続けた。

「最初の時から、かなり親密そうに感じられましたか？」

「いいえ、特別そのような感じは受けませんでした」

「その女性が、何月何日に来たか分かるような記録があると助かるのですが」

「藤枝さんには必ず領収書を発行していましたから、彼が来た日にちはそれを調べれば分かると思います。でも、彼女を連れてきた日は記憶に頼る以外ありませんね。ですから、大体この日じゃないか程度は分かると思いますが、はっきりとは……」

「ママさん、それで結構ですから、該当する領収書の控えと彼女が来ただろう日にちを後で教えてもらえませんか」

京子は何も言わずに、善蔵の顔を正面から見たまま大きく頷いた。善蔵の質問はなおも続いた。

「藤枝さんが倒れた時のことを、もう一度順を追って詳しく話していただけませんか。あの夜、藤枝さんが倒れる三〇分前頃から伺いましょうか。彼の近くには誰が座っていましたか？」

そう言いながら善蔵は一枚の紙を取り出して机の上に置いた。風間が事件当日、現場聴取して作った全員の座席配置であった。

「えー、どう言えばいいのかしら。このテーブルのソファーの左側が藤枝さん。その隣が例の、〝ゆみこ〟さん。隣のテーブルには、右側が鴨居さん、左側に相馬さん、向かい側に知加子さんが座って相手をしていました」

テーブル二つ毎に仕切りが施されているので、この二つのテーブル以外の人間が毒物を投入する事はまずあり得ない。

「ということは、藤枝さんと例の女性の前には誰も座っていなかったのですね?」

善蔵が念を押すように尋ねた。

「ええ、二人きりでした」

「それからどうしました? 順番に話をしていただけませんか?」

善蔵に促されると、京子は唇を手で触れながら思い出すように話しはじめた。

「私も見張っていたわけではありませんので、はっきりと覚えてはいません。ただ、私の記憶に間違いがなければ、九時過ぎに藤枝さんがトイレへ行くために席を立ちました」

「彼が席を離れるところをどこから見たのですか?」

「いいえ、立つところを見たわけではありません」

京子は図面を指さしながら話を続けた。

「私はここに座っていたのですが、ふと見ると、彼女が一人で寂しそうに座っているのが見えました。それでお相手をしてあげようと思って彼女のところへ行ったのです。私が藤枝さんの事を彼女に聞いたところ、『トイレに行きました』と彼女が教えてくれたのです」

「なるほど、それからどうしました?」

「私は彼女にあれこれ話しかけようとしましたが、彼女はあまり乗り気ではない様子でした。そのうち、ばつが悪くなったのか、電話をかけに行くと言って彼女も席を立ちました」

「その時、その席には誰もいなくなったと言うことですね?」

「はい、私だけになりました」

京子の声がやや小さくなった。この事がどんな可能性を生み、それが自分にどんな災難を及ぼすのかは当然彼女も認識しているはずであった。

「それからあなたはどうしましたか?」

「隣のテーブルの鴨居さんに一言二言挨拶をしてその場を離れました」

「席を離れた? なぜですか?」

「トイレに行った藤枝さんが戻ってきた時のために、おしぼりを取りに行きました」

「なるほど。では確認しますが、あなたがそのテーブルを離れた後、そこには誰もいず、グラスだけが置かれていたと言うわけですね。その間、何分くらいですか？」

「ええそうです。何分くらいかは分かりません。そんなに長い時間ではないと思います。私がカウンターに戻り、おしぼりを持って行こうとした時に、藤枝さんがトイレから戻って席へ向かうところでしたから」

「そしてあなたは再びそのテーブルに座ったのですね？」

「はい、そうです」

「その時、何か飲みましたか？」

「ええ、ビールをコップ一杯だけ頂きました」

「新しいビールを開けたのですか？」

「はい、私が『おビールを頂いていいかしら？』と聞くと、彼が『どうぞ』と言いましたので梶原君にビールとコップを持ってきてもらいました。藤枝さんが私のグラスに注いでくれたので、彼のグラスに私のグラスを軽く合わせて頂きました」

「その他、その時間帯に彼のテーブルに座った人間は？」

「ずっと見ていたわけではありませんのでよく分かりませんが、店の人間は誰も座っていないと言っていますから、多分私だけだと思います」

京子は当惑したような様子でそう言った。姿を消した女性の次に容疑をかけられるのは自分であることは十分承知していた。そして手にしていた煙草を灰皿でもみ消した。

「その間ずっと、隣のテーブルにいたのは鴨居さんと相馬さん、それとお店の知加子さんだけだったのですか?」

「ええ、私の記憶ではそうだったと思います」

隣のテーブルの三人も決して無関係ではあり得ないことも京子は承知していた。

「それからどうしました?」

善蔵が彼女を促した。

「それから……私が座って世間話をしているうちに、藤枝さんがウィスキーグラスに手をとって飲みました。そして、グラスをテーブルに置いた途端、急に苦しみはじめました。体を痙攣《けいれん》させて、棒のように真っ直ぐな感じになって、そのままソファーからずるずるっと……」

京子は両手で頬を覆った。善蔵はそんな彼女をじっと見つめながら聞いた。

「ママさんがテーブルに座った時、どんな話を藤枝さんとしましたか?」

「どんな話と言っても……特別な話はしませんでした。確か、彼の歳の事を話しました。彼、藤枝さんは誕生日が九月十三日なんです。それで、『もう少しで三十九歳ね』とか話しかけました。そんな月並みな話でした」

「そしたら、彼はなんと?」

「『生まれた時に流産されたと思えば、三十九年丸儲けか』って。そう言うので私、『何それ？』って言ったんです」

「それはまた妙なことを彼は言いましたね、それで？」

「そうしたら、『ママ、知らないのかい？　落語にそういう話があるんだよ。ものは考えようだな』とそう言うんです。それで私が『変な話ね』って言った直後のことなんです。今考えてみると変な話ですよね」

「彼は日頃からそんな皮肉っぽい話をする人間なのですか？」

善蔵が二本目の煙草に火をつけながら尋ねた。

「いいえ、普段はそういう人じゃないんです。だからその時も余計に変な事を言うなと思ったんです。それも、なにやら真面目な感じでそう言ったんですよ」

「分かりました。それでは彼が倒れた時、〝ゆみこ〟さんという女性はその場にいなかったということになりますね？」

「ええ、その時はずっと電話をしていたと思います。もっとも、電話のある場所は私が座っていた場所からは見えませんが」

「どのくらいの時間ですか？　かなり長かったとか、様子が変だったとか、感じたことがあったら何でもいいから話してもらえませんか？」

「時間にして、十分くらいだったと思います。別に変わった様子はなかったと思います」

「電話を終えてから彼女はどうしました？」

「いつ電話をし終わったのかは分かりません。藤枝さんが倒れたので店中大騒ぎになって……みんなが藤枝さんの周りに集まってきたんです。私が彼の顔をのぞき込んで名前を呼んでいたら、彼女もしきりに『藤枝さん！　藤枝さん！』と言いながら体を揺すっていました。多分、倒れた後で電話のある場所から戻ってきたんだと思います」

　ここが大事なところだと善蔵は思わず身を乗り出した。

「その後、彼女はどうしました？」

「大変な事になったと思って、私は急いで一一九番へ電話をしました。救急車がくるまでの多分、十分か十五分くらいの間だった思いますが、藤枝さんの側にしゃがみ込んでいました」

「それでは、救急車が来るまでは間違いなくその場にいたんですね？」

「ええ、それは間違いありません。私も見ていますから。そして救急車の方が来て、瞼を懐中電灯で覗いてみたりして、『もう亡くなっていますから、警察に電話した方がよいでしょう』と言うんです。そうしたらみんながまた騒ぎはじめたんです」

「救急隊員が警察に電話をした時、彼女は？」

「それがよく分からないのです。いたか、いなかったか。私にも全く記憶がないんです」

これ以上は無理だと善蔵も諦めた。そして、質問の角度を変える事にした。

「三年前に開店してから、藤枝さんは何人くらいの女性を店に連れてきたのですか?」

彼女は、また例の右手を頬にあてる仕草をした。

「私の店には、五人か六人くらい……もっとかもしれません」

「ママさんが銀座で働いていた時分から女性を連れてくる事が多かったのですか?」

「いいえ、銀座の店はクラブ形式でしたから、どなたも素人の女性を同伴するような雰囲気ではありませんでした。彼も女性を連れてきた事はなかったと記憶しています。こちらのお店はスナックですから。それに近頃は女性がお酒を飲むのは当たり前になりましたし、女性同伴の方は珍しくありません」

「どんなタイプの女性が多かったのですか? 素人? それとも水商売風?」

「ごく普通の感じの女性です。第一、水商売の女性がそんな時間にお客さんと外に出てたら商売になりませんでしょ、刑事さん?」

善蔵は坊主頭をなでながら言った。

「失敬、失敬。私としたことが下らないことを聞いてしまった。確かにそんな時刻に店の外で飲むホステスなんているはずがない。ところで、その〝ゆみこ〟という女性のことですが、彼女はどんな感じの女性でした?」

「やはり普通の感じでした。非常に大人しくて、自分の方から話すことはあまりないような。巌さん、いいえ、藤枝さんが一方的ににしゃべって、彼女はいつも相槌をうっているような、そんな感じでしたね。カラオケを勧めても決して歌おうとはしませんでした」

彼女は自分で納得するように大きく頷きながら答えた。

「〃ゆみこ〃という女性が、それ以前に藤枝さんが連れてきた女性と違っているという印象を受けたことがありますか？　例えば、ことさらに親密だったとか」

彼女はしばし考え込んだ。そして思い直したように答えた。

「藤枝さんがその女性をどう思っていたのかは分かりません。今まで連れてきた女性と比べて、特別彼女に違う態度をとっているという感じは受けませんでした。ただ、それまでの女性と全くタイプが違ったのは事実です」

当たり障りのない、無難な答えだと善蔵は思った。

「今までの女性と具体的にどう違ったのですか？」

「今までの女性は、どちらかというと活発な感じの方がほとんどでした。なんていうか、そうですね、一言で言うと洋風な感じでしょうか。でも、あの〃ゆみこ〃さんは純和風って感じなんです。大人しくて、落ちついていて……ですから私は三十四、五歳くらいに思いましたが、もしかすると実際はもう少し若いかもしれません」

善蔵は先ほどのモンタージュと京子の話を頭の中で繋げてみた。何となく〝ゆみこ〟という女性の輪郭がはっきりしてきたように思えた。

「何か、その女性を探すための手がかりを思いつきませんか？　何でもかまいませんから」

「手がかりと言っても……お客さんが女性を連れてきた時には、努めて深入りしないようにしていますし、まさかこんな事になるとは夢にも思いませんでしたから」

彼女の返事はいかにも苦しそうであった。

「本当に名字を耳にした事はないのですか？　彼は連れてくる女性をいつも名前で呼んでいたのですか？　名字で呼ぶことは？」

「そんなことはありません。名前で呼んでいても、話の中で必ず女性の方からかどうかは別として、名字が出てくるのが普通です。でも、あの〝ゆみこ〟さんは、とにかく話そのものをしないんです」

京子はいらついた様子で答えた。「私のせいじゃない」と言いたげである。

そんな人間相手に、さらに聞かなければならないのが「刑事」という職業である。善蔵は真っ当な僧侶になり損ねて、「刑事」になった人間である。そこでやはり追い打ちをかける。

「彼が意識的に名前でしか呼ばないようにしていたとか、彼女が意識的に、言わないようにしていたとか、感じたことはないですか？」

善蔵にそう聞かれると京子はちょっと首をひねった。

「そう言われると妙ですわね。彼女は、ああいう感じの女性ですから何も言わないのに不思議はありませんが……巌さん、藤枝さんは決して無口な人じゃありませんから。それでいて、彼女の名字も、仕事のことも、どこに住んでいるのかも、全く口に出さなかったのですから。もしかすると、意識的に言わなかったのかしら……今にしてみると、そう思うのが自然かもしれないわ」

自分自身、分からなくなって困り果てたのか、京子は再びハンドバッグの中から煙草を取り出すと、今度は自分のライターで火をつけた。

「モンタージュと〝ゆみこ〟という名前の他に、手がかりは無いわけだ。その名前にしたところで、偽名という可能性だって無いこともない」

そう言いながら、善蔵は肝心な質問をここで繰り出す事にした。

「藤枝さんのグラスに、最後に手を触れたのは誰ですか? あなたですか?」

京子は一瞬身構えた。自分も疑われていることは百も承知であった。それに関する質問がズバリ正面から飛んできたのである。彼女は冷静さを装って答えた。

「いいえ、藤枝さんのお相手はその女性に任せていました。私はボトルにさえ触ってはいません。ですから、最後に触ったのはあのいなくなった女性です。それは間違いありません」

必死の弁明を終えて部屋を出て行く京子の後ろ姿を善蔵はじっと見つめた。その頭の中では、やはりこの京子が容疑者になる可能性を考えていた。「刑事」とはそういう「人種」である。

＊

何度もお辞儀をしながら浅黒い顔をした中年の男が取調室に入ってきた。その柔らかい物腰とは対照的に鋭い目つきは部屋の様子を伺っていた。

「どうぞお座りください」

善蔵が促すと、お辞儀を繰り返しながら男は席に着いた。刑事という職業は不思議なもので、十年もやると一見して相手がどのような人間なのかが分かってしまう。そして、それはほとんどはずれる事がない。

「挙動不審」が理由で尋問され、犯人が捕らえられることはよくあるケースである。しかし、ではどうしてそのように感じたのかと聞かれると、理論整然とは説明し難い。やはり、長年に渡って様々な人間に接した経験がそれを教えるのである。善蔵の長年の経験は即座にこの鴨居が油断ならない人間であることを教えた。

「早速ですがあの晩、あなたは何時頃店に来ましたか？」

善蔵が切り出した。視線をそらしながら鴨居は答えた。

「確か、九時少し前だったと思います」

「そうすると、その時既に藤枝さんは来ていたわけですね」

「ええ」

相変わらず落ちつかなさそうに、鴨居はそうとだけ答えた。善蔵は少し意地の悪い質問をぶつけてみることにした。

「その時間に空いていた席は藤枝さんの隣だけだったのですか？」

一瞬、鴨居の浅黒い顔がこわばった。そして、この質問を境に彼はにわかに饒舌になった。

「いや、他にも空いている席はありました。正直なところ、好都合だと思って彼の隣の席に座ったのです。誤解のないように聞いて欲しいのですが、藤枝さんと交渉事をしようと思っていたのです。私は雑貨の輸入販売会社をやっています。会社と言っても二十人足らずのちっぽけな会社ですがね。私が輸入しているものを藤枝さんに買ってもらおうと思いましてね。それでわざわざ隣に座ったわけです」

「なるほど。それであなたはいつから藤枝さんを知っているのですか？」

「藤枝さんとはあの店で知り合いました。私があの店へ行くようになったのは半年くらい前ですから、ちょうどその頃に知り合いました」

「それで商売の交渉の方は？」

「藤枝さんの店で扱っているのと同じブランド品を安く入れられると持ちかけていたのですが、なかなかいい返事を貰えなくてね。『従来の仕入先とは代々の付き合いだから』と言っていました。何と言うか、やはりああいう店は敷居が高いのですよ」

「それで、あの晩どんな話をしましたか」

善蔵の質問に対して鴨居の答えは素っ気なかった。

「それが全くと言ってよいほど話にならなかったのですよ」

「なぜ？」

「妙な雰囲気でしてね。連れの女性となにやらひそひそ話をしているし、商売の話を持ちかけられるような雰囲気じゃありませんでした。だから隣に座って最初に挨拶を交わしただけなんです。本当です」

「二人がどんな話をしていたか分かりませんか？　断片的にでもいいですから」

「いいえ、全く分かりません。何となく他人に聞こえないように話しているようでした」

「藤枝さんの様子に変わったところは？」

「元気が無かったと言えば、無かったような気もしますが……」

善蔵は質問の方向を変えることにした。

「鴨居さん、あなたはかなり頻繁にあの店へ行っているのですか？」

「ええ、まあ」

鴨居の口が再び重くなった。

「あの晩以前に一番最近行ったのはいつですか?」

「前の晩にもあそこで飲んでいました」

「前の晩も、あの相馬さんと一緒ですか?」

「いいえ、一人でした」

「それで、何時頃まで店にいましたか?」

「閉店までですから、十二時頃まで飲んでいました」

「それからは?」

「まっすぐタクシーで家へ帰りました」

「あの店で特に懇意にしている女性はいますか?」

この質問に彼の答えは一呼吸遅れた。その微妙な変化を察知して善蔵はじっと鴨居の眼を見つめた。しかし、重い口からは予想した答えしか返ってこなかった。

「いいえ、別にいません」

そのほかに鴨居が語る当夜の事実関係はママの京子の供述とほとんど矛盾しなかった。しかし、彼に対する理由のないわだかまりは善蔵の心の中で消え去ることはなかった。

五

「『葬儀に現れるかもしれないからよく見ていなさい』と松隈課長から言われましたけれど、来ますかね？」

手帳に挟んだ〝ゆみこ〟のモンタージュを見ながら風間が善蔵に言った。藤枝の通夜は港区の寺で執り行われていた。大きな門を入ったすぐ右手に大きな松の木が立っている。その木の下で善蔵と風間は弔問客の列を見つめていた。

「あの男のように、全ての可能性を考えれば来ないこともないだろう。しかし、先ずあり得ないことだ。こんなところにのこのこ顔を出すくらいなら、現場から姿を消すなんて事はしないよ」

「そうですよね、オレもそう思います」

「それにしても、すごい人数だな。さすがは〈銀座瑞光〉の社長だけはある。半端じゃないな」

善蔵も感心したように人の列を眼で追っている。

参列の通路には夥しい数の花輪が並べられていた。次々と参列者が車で乗りつける。この寺の広い駐車場も七時近くには黒塗りの高級車で満杯になってしまった。

「何人くらいいますかね？」

風間もすっかり呆れ果てている。このように盛大な通夜は生まれて初めてであった。

「そうさな、六百人は下らないな。いや、もっといるかな。おや、お出でなすったな、見てごらん、風間君」

「えっ、例の女が来たんですか？　どこですか？」

風間が慌てて善蔵が指さす方向に眼をやった。

「あの女が来るはずはないだろう？　ほら、スナックのママとバーテンだ。あの男、梶原とか言ったな」

なるほど、黒いスーツに身を包んだ女と、これもダブルの黒い礼服を着た男が連れ添って門をくぐり本堂の方へ足を運んで行く。京子は落ちついた足どりで真っ直ぐ前を見ている。落ちつかなさそうに連れの男は辺りを見回しながら歩いていた。

「あっ、本当だ。あれは確か、ママの京子とバーテンの梶原ですね」

やがて、彼らが寺の中に姿を消すと善蔵はポケットから煙草を取り出し火をつけた。

「これからどうなるかな。あのママにしたところでまだ白と決まった訳じゃない」

煙を吐き出すと、善蔵はぽつりと独り言を言った。

暫くすると、参列者の列は本堂に飲み込まれ表の人影は少なくなった。本堂からは読経の声が響き出した。

「ちょっと中を伺ってみようじゃないか」

善蔵が風間を促した。二人は松の木の下から、本堂の様子が分かる位置まで移動した。真っ白な菊の花に取り囲まれた大きな祭壇が眼に飛び込んできた。

「わあ、すごいですね。テレビや映画では見た事があるけれど、こんな豪勢なのは生まれて初めてですよ」

風間が思わず驚きの声を上げた。

「私も僧侶の端くれだが、これほどの通夜にはお目にかかったことがないな」

善蔵もしばしその光景に感嘆して見入った。

「善さん、あの戒名を見て下さい。なんて書いてあるんだろう？　それにやたら長いですね。何文字あるんだろう？　えー……」

風間は眼で戒名の字数を数えはじめた。

「十三文字もありますよ。こんな長いのはじめてだ、高いでしょうね。百万円はするでしょうね？」

「そんなものじゃきかないだろう。あそこに『院殿』という文字が入っているだろう？　あれは『院号』の上の最高の法名で『院殿号』と言う。よほどの人物でもなければあのような法名は許されない。如何に藤枝の家が名家とはいえ、あのような法名を貰うには三千万円を下る事はないだろう」

「えっ、三千万円！　どうして戒名ってそんなに高いのでしょうね？」

風間が呆れ顔で善蔵に尋ねた。

「どうしてなのかは私にも分からない。ただし、『戒名は世界一高い原稿料だ』という話があるくらいだから、安くはないだろう」

「善さんはお坊さんもやってるんですよね？　戒名がなければ成仏はできないのですか？」

風間が半ば真顔に聞いた。

「それを言うなら『往生』だろう。『成仏』とは悟りを開いて、六道輪廻の世界を脱する存在になることを言う。全ての人間が死んだ後、『仏』になるというのは誤りだ。いずれにしても、法名無しであの世に旅立った時にどんな不都合があるのか、私のような下臈《げろう》には分からない。元来法名とは、仏の弟子になった証としてつけられるものだ。従って、既に仏門に入った私には法名がある」

「えーっ、善さんは、死ぬ前に戒名をもらっているのですか？」

驚いたように言う風間に善蔵は笑顔で答えた。

「風間君、君はクリスチャンネームというのを知っているだろう？ キリスト教では洗礼を受けると、神の僕となった証にその名前をつける」

「そういえばそうですね」

納得したように風間が答えた。

「だから、むしろ死ぬ以前に法名を授かっている方が自然だと言える。何を信じているか分からぬ人間に、死んでから慌てて仏弟子の証である法名をつけて何の意味があるのか、私には分からない。ましてや、『院号』、『院殿号』などに恐れをなすほど、地獄の沙汰も甘くはないだろう」

「なるほど、そうですか」

話が自分の理解を越えるところへ来たので、風間は話題を変えることにした。

「例の金は一体何だったのでしょうね？ 会社ではなく、自分名義の口座という事はやはりプライベートな金という事でしょうか？」

現場に残されたアタッシュケースから発見された札束は、A銀行に設けられた藤枝の個人口座から引き出されていた。取り引きの履歴を調べたところ、この口座には毎月七十万円ほどの入金があった。入金元は〈ダリア〉となっていた。一方、出金の方は不定期であり、三百万を超すものは見当たらなかった。また、藤枝は残額の全てを引き出していた。

「うん、そう考えるのが自然だろう。それも何かの支払いとか、返済とかの個人取り引きに関係するものではなさそうだ。藤枝が引き出したのは四千九百万円だ。ところが、アタッシュケースに入っていたのは四千三百万円。入っていた状況からして、金額に特別な意味はないだろう。むしろ、入れられるだけ入れようとしたに違いない。そのような性格の金だと考えられる」

「金額に特別な意味のない、異常に大きなお金。一体どんな事が考えられるのでしょう?」

「今のところはそれしか分からない。何のための金なのか……」

そう言うと、善蔵は煙草の煙を吐きながら祭壇の方をじっと見つめた。その視線の先には妻の藤枝美代子の後ろ姿があった。黒の和服に身を包み祭壇の左端に正座している。心なしか、そのか細い肩は寂しげであった。しかし、居並ぶ参列者を意識してか、背筋を伸ばし前を向く姿勢だけはかろうじて保っているように見えた。

「まだ若いのに、可哀相なことをしたな」

善蔵が呟いた。

「えっ、ああ、あの奥さんのことですか?」

「うん、そうだ。だがその可哀相な遺族に、通夜の晩でも話を聞かなければならない。因果な商売だな」

「えっ、今夜話を聞くんですか?」

「うん。なるべく早く聞いておかなければならない事がある。あとでお焼香がてら、失礼がないようにちょっと話をさせてもらおう」

二人は通夜の参列者が引けるまで外でずっと立ち続けた。もちろん、例の〝ゆみこ〟らしき女は姿を現さなかった。最後の客が帰るのを見届けると二人は本堂に入った。妻の美代子に向かって一礼したが、彼女は二人を覚えていない様子であった。突然襲った不幸の最中であるから無理からぬことであった。警察手帳を提示し、型通りの挨拶をすると善蔵が切り出した。

「こんなところに伺って大変失礼ですが、是非早めにお聞きしたい事がありまして。この女性に心当たりはありませんか? それと〝ゆみこ〟という名前に記憶はありませんか?」

そう言って、善蔵は例のモンタージュを美代子に差し出した。美代子はいぶかしげにその写真を手にすると、じっと見つめた。

「全く見たことがありません。〝ゆみこ〟という名前にも心当たりがありません。この女性が何か?」

「いいえ、詳しいことは落ちついてからまた。それと、あの日ご主人に何か変わった様子はありませんでしたか?」

「いいえ、変わったところといっても……いつもと同じでした」

彼女は、軽く首を傾けながらそう言った。

「突然のことでお気の毒です。気をお落としになりませんよう……」

失礼にならないように切り上げようとして、善蔵が言った型通りの言葉に意外な返事が返って来た。

「ええ、驚きました。覚悟はしていましたが……」

「えっ、どういうことですか？」

驚いて思わず発した善蔵の声に、再び予期せぬ答えが返ってきた。

「主人、癌だったのです。肺癌で、あと長くて一年と言われていました。でも、まさかこんな急に……」

六

事務所で新聞を見ながら善蔵は出前の丼物を食べていた。そこへ、藤枝の主治医がいる病院から風間が戻ってきた。事務所へ入るなり、抱えていた上着を机の上へ放ると風間は善蔵に話しはじめた。

「善さん、やっぱり本当でしたよ。あの奥さんの言う通りでした。医者に会って確かめてきました」

「そうか。それでいつ頃からの話なんだ?」

「今年の七月ですから、まだ一ケ月前です。藤枝は社長になってから、毎年七月に人間ドックに入っていたんだそうです。それでたまたま発見されたそうです。自覚症状も無かったので本人も半信半疑だったようですね」

「それで、本人はそのことを知っていたのか?」

「はい。あまり念入りな検査をするので感づいたらしく、『もし重大な事があるのなら、私は社長だからやっておかなくてはならないことがある、教えて欲しい』と言われたので奥さんと相談して教えたそうです」

「いつ頃のことだね、それは?」

「正確に言えば、奥さんに相談したのが、死ぬ十日前、藤枝にはその翌日に教えたそうです」

「治療の方はどうなっていたんだ?」

「それが、主治医が言うのには、患部の場所が悪くて手術は無理だったという事です。薬物療法しか手がなくて、歳が若いので良くて一年と言ってました」

善蔵は風間の報告を聞くと腕組みをして黙り込んだ。それから暫く間をおいて「うーん」と低くうなり声を上げた。風間は、とっさに帰り道思っていた事を口にした。

「善さん、ということは、もし藤枝が殺されたとしたら、犯人はこの事を知らなかった人間という事になるんじゃないですか?」

「そうだな、そういう事になるな」

善蔵は、今度は両手を膝の上に乗せると、食べかけのカツ丼を置いたまま、「うーん」と再びうなり声を上げた。ややあって、思い直したように言った。

「ここで考えていてもしようがない。藤枝の店へ行ってみよう」

善蔵と風間は、日が傾きはじめた真夏の空の下を銀座へと向かった。昼間の太陽で熱くなったアスファルトの上を歩きながら、風間が善蔵に話しかけた。

「病気を苦にした自殺、なんてことは無いでしょうね?」

「あり得ない」

善蔵は、言下にきっぱりと否定した。

「なぜあり得ないのですか?」

風間はその訳を知りたい。

「まず一番の理由は、もし自殺であるならば藤枝はどうやって青酸カリを所持していたかだ。裸で持ち歩けるような代物じゃない。必ず何かに入れていたはずだ。しかし、それらしきものは全く見つかっていない」

なるほどと言うように風間は大きく頷いた。やや間をおいて善蔵は続けた。

「二番目に、我々の気がつかない方法でそれを所持していたとしても、あのような自殺のやり方はしない。鬱状態になった人間は、必ず人目を避けて自殺するものだ。あの場合、もし藤枝がトイレの中で死んでいれば自殺の線も考えられる。しかし周りを他人に取り囲まれた環境の中では、例え鬱状態の人間でも絶対自殺を実行したりはしないものだ」

「経験からですか?」

風間にそう問われて善蔵は言葉を継いだ。

「そうだ。長い経験からそうと分かる。昔こういう事があった。夫婦が庭で焚き火をしていた。二人で笑いながら話をしていた。そのうち、奥さんが家の中へ入った。五分ほど遅れて旦那が家の二階に上がってみると奥さんが首を吊って死んでいた。今笑っていた女房が自殺するなど旦那には信じられなかったが、間違いなく自殺だった。人は突然原因不明の自殺をするが、必ず一定のパターンがあるものだ」

「するとやっぱり他殺ということですね」

「そうだ、他殺だ。ただ間違って殺された可能性があることは事実だろう。その点においてはあの男の言うことも一理ある」

「あの男って、課長のことですか?」

善蔵は何も言わずに頷いた。二人の眼に銀座四丁目の交差点が見えてきた。目指す〈銀座瑞光〉はもうすぐである。


応対に出た初老の金縁の眼鏡をかけた男は、専務取締役の肩書がついた「日小坂寿夫」と言う名刺を差し出した。

さすが老舗の〈銀座瑞光〉である。その応接間の豪華さは並のものではない。壁一面に日本画の壁画が描かれている。調度品は全てアンティーク調で整えられていた。いわゆる、成金趣味の金ぴかではない。見るからに歴史を感じさせる、そんな造りである。善蔵がソファーに腰を下ろしながら思わず口を開いた。

「見事なものですね。さすがに〈銀座瑞光〉さんだ」

専務の日小坂《ひこさか》は、善蔵の坊主頭を改めて見ながら言った。

「みんな先代の社長の趣味なんですよ。よくお客様に誉められるんですけどね」

ちょうど好都合に先代の社長の話が出てきたと善蔵は思った。

「先代の社長さんが亡くなったのはいつ頃の事なんですか?」

「もう八年、いや九年になりますか」

「そのあとを藤枝さん、先日亡くなられた社長さんが継いだわけですね?」

「いいえ、正確にはその三年前です。先代が会長になり社長の座を譲りました。一人息子の巌にね。実は、私と先代とは義理の兄弟同士でしてね。亡くなった巌は私の甥と、こういう関係なんですよ」

「なるほど、ご親戚ですか」

そう言いながら、善蔵はポケットから煙草を取り出して火をつけた。日小坂はその間中、何を聞かれるのかと不安そうな顔をしている。

「ところで、亡くなった藤枝さんは、誰かに恨まれていたという事はありませんか？　例えば商売上の事で」

そう言って善蔵は日小坂の眼をじーっと見た。

「いやー、そのようなことは全くありません。商売上の事と言っても、ご承知の通りウチは昔から信用だけで成り立っている老舗です。社長が他人に恨まれるなんて考えられません」

「そうですか。ところで、お宅はここだけのご商売ですか？　その他のご商売をやられているという事はありませんか？」

善蔵がこんな事を聞いたのは、藤枝が四千九百万円を引き出した銀行口座のことが頭にあったからである。

「当然こんなことがあった以上、警察でも色々調べておいでだと思いますが、ウチのグループではこの店の他に、〈七宝商会〉、〈アール交易〉、それと〈ダリア〉という会社を経営しています」

果たして、ここで例の銀行口座にあった、〈ダリア〉の名が出てきた。

「その三社の社長さんは誰ですか？　みんな亡くなった藤枝さんですか？」

「商業登記上、巌が社長になっているのはここの店だけです。後の三社は全て違う人間を社長にしていますが、オーナーは巌です。従って彼が会長をしていました」

「A銀行の藤枝さんの個人口座に、その〈ダリア〉名で毎月七十万円ほどの振り込みがありますが、どんな性格のお金か分かりますか?」

少し驚いたように日小坂は答えた。

「もうそんな事までお調べになっていたのですか。そうですか。そのお金は別に疚《やま》しいお金ではないと思いますよ。後で当方からきちんと調べてさし上げても結構ですが、会長としての給料を受け取るための口座だと思います」

「なるほど。ところで、事件があった日の午後二時過ぎに、藤枝さんがその口座からキャッシュで四千九百万円余りを引き出していますが、何のためか心当たりはありませんか?」

「えっ、四千九百万ですか? それは本当ですか?」

日小坂は全く信じられないと言った体である。

「ええ、本当です。銀行の担当者が藤枝さん自身が現金でおろして行ったと証言しています。間違いありません。何に使うつもりだったのでしょう?」

「四千九百万円ねえ……なぜそんな大金が必要だったのでしょう? 私には分かりません。全く心当たりがありませんね」

日小坂は、当惑気味にそう言った。善蔵はまた話を元に戻した。

「こちらは貴金属の販売ですが、他の三社は何をやっている会社なのですか?」

「みな堅い事業ばかりです。先代の経営理念というか、信念でしてね。絶対に虚業に手を出しちゃいかんと。『汗流さずして利を貪るなかれ』というのが教えでした。ですから、ウチは株とか不動産には絶対手を出しません。死んだ巌もこの事はきっちり守っていました。ですからバブルが崩壊したときにもウチは痛手を被らずに済みました」

頷きながら善蔵は次の質問を繰り出した。

「プライベートの方では何か心当たりはありませんか？」

「全く何もありません。巌は人に恨まれるような人間ではありません。もっともこのご時世ですから、こちらに非が無くても逆恨みということはあるでしょうが」

見るからに分からないといった風に日小坂は指で髭をなでた。

善蔵は手帳に挟んであった〝ゆみこ〟のモンタージュを取り出した。

「この女性に見覚えがありませんか？」

そう言いながらそれを日小坂に手渡した。日小坂は片手で眼鏡を額まで上げると、顔を近づけそれに見入った。やがて元通りに眼鏡を直し写真をテーブルに乗せて言った。

「無いですね。全く見覚えがありません。それでこの方がどうかしたのですか？」

「ええ、藤枝さんが事件の夜スナックに同伴した女性なんです。事件の直後姿を消しましてね。どこの誰とも分からず行方を探しているんです」

「事件の夜社長と一緒にねえ……」

そう言うと、日小坂はテーブルの上の写真を再び取り上げ、眼鏡を上げる動作をする。そうして同じ言葉を繰り返した。

「やっぱり分かりません。この会社に出入りする女性にはいませんね。もちろん、社員にも似たような女性はおりません。全く……」

「そうですか。それでは〝ゆみこ〟という名前に心当たりはありませんか？」

「〝ゆみこ〟？　ありませんね。それに、社長はプライベートなことはあまり話しませんでしたから。私もあまり聞きませんでしたし」

この男の口からは、余り重要な事実は出てきそうもなかった。しかし、善蔵は質問を続けた。

「ところで日小坂さん、藤枝さんが癌だったことはご存じでしたか？　長くて後一年足らずの命だったことは知っていましたか？」

日小坂は眉をぴくりともさせずに答えた。

「ええ、知っていました。厳に聞いた時は本当にビックリしました。どこも悪いようには見えませんでしたから。その後の段取りも既に二人で話し合っていました。私が替わりに社長なることも話し合って決めていました」

「そのことを他の人たちは知っていましたか？」

「いいえ、動揺を与えると困るので極秘にしておくことになっていました。刑事さんは誰からそのことを聞いたのですか？」

逆に日小坂が善蔵に尋ねた。

「私は藤枝さんの奥さんから聞きました」

「ああ、美代子さんからね。そうです、よほど親しい人にしか言ってないはずです。私も自分の女房にしか話していません。会社で知っていたのは私だけです。他にはいません」

善蔵は煙草の煙をゆっくりと楽しむように吐き出すと言った。

「ところで話は変わりますが、藤枝さんが亡くなった〈アズナブール〉というスナックはご存じでしたか？」

善蔵は何気なく聞いてみただけである。特別な答えを期待したわけではない。

「ええ、以前から名前は知っていました。ママが京子って言うんでしょう？」

これには意外な反応が返ってきた。

「あそこのママが銀座で勤めていたときに、その店に巌を連れていったのが私なんですよ」

「それでは貴方も、あの京子というママとは顔見知りなんですか？」

妙なことになってきたと、思わず風間も身を乗り出した。

「ええ、顔はよく知っています。ママがその京子を随分と可愛がっていて、銀座のホステスには珍しくあの店にずっと勤めていたみたいですね。ただ、私はあまり話をしたことはありません。私が懇意にしていたのは別な娘ですから。巌を連れていったらあの店が気に入ったらしくて、それで通うようになったようです。私も頻繁に行っていたわけじゃないのでよく分からないのですが、『お宅の若様、よく来るのよ』なんて言われてね。そうしたら四、五年前に巌からあの娘が青山に店を出すの何のって事をちらっと聞きました。その後、時々その店からダイレクトメールが来ていたので覚えているんです」

「藤枝さんとそのママとはどんな関係なのでしょう？」

「どんな関係と言われてもね……答えようがないですが、まあ親しい客とホステスの関係と言うよりないですね」

日小坂は返事に窮しているようであった。

「かなり親密な関係と言うことでしょうか？」

「どの程度を親密と言うのかは分かりませんが、親しい事は事実でしょう。でなかったら開店資金を貸すなんてことはしないでしょう」

「開店資金を貸す？　藤枝さんは彼女にお金を貸していたんですか？」

これには善蔵も驚いて日小坂を見つめ直した。

「実際に貸したかどうかは分かりません。ただ貸そうと思っているとは言っていました。いずれにしろ、会社の金を貸すなら別ですが、ポケットマネーを出す分には本人の自由ですからね。

私もその後のことは聞きませんでしたし、知りません」

「そのママが、元働いていた銀座の店は何という店ですか?」

「〈ホワイトリリー〉という名のクラブです」


善蔵と風間は〈銀座瑞光〉を出た。外はもう暗く、夜空にはネオンが瞬いていた。

「風間君、すまんが〈ホワイトリリー〉というクラブへ行って、話を聞いてきてくれないか?

私はこれから南青山の〈アズナブール〉でもう少し詳しい話を聞いてくるつもりだ」

銀座四丁目の交差点で風間と別れると地下鉄に乗った。電車の吊革につかまりながらあれこれ考えた。頭の中で疑問が次々と湧いてきた。

「藤枝の命は、あと僅かしか残っていなかった。それを知っていたのは奥さんと日小坂。その他には誰が知っていたのだろうか?」

「藤枝を殺したのは店の者か、客か?」

「いなくなった女は何者なんだろう?」

「なぜ、現場から黙って姿を消したのだろうか?」

「あの現金は事件と関係があるのだろうか?」

「誰がやったにしても、動機は一体何なのか?」

現時点では何一つ答えが出てこなかった。善蔵がふと我に返り前の座席に眼をやると、若い女性が珍しそうに剃りの入った坊主頭を見ている。坊主頭に背広の組み合わせが世間の人には異様に映るらしい。ほどなく電車は表参道の駅に着いた。

地下鉄の出口を出ると、スナック〈アズナブール〉のあるビルの方へ向かって歩いた。夜になって暑さも少し和らいだようであった。ビルのエレベーターをスナックのある階で降りてみると、入り口のシャッターは閉まっていた。近づいてみると白い張り紙がしてあった。


誠に勝手ながら暫くの間休業させていただきます　　アズナブール　京子

「暫く休みか……」

ぽつりと善蔵はつぶやいた。それから両隣を改めて見つめた。それぞれスナックかクラブだろう。諦めてまたビルの外に出ると公衆電話を探した。手帳からママの京子の番号を見つけるとダイヤルを回した。五、六度コール音がすると、鼻にかかった京子の声が受話器から響いてきた。

「あら、刑事さん? ごめんなさい。あんなことがあったものだから、この際思い切って模様替えをして再出発しようと思いましてね。お客様にはもうお手紙を出してあるんですけど、警察にはまだでしたわね。三週間ほどの休みになると思います」

「そうですか。ではまた改めて連絡します。他にもまだ、色々とお聞きしたいことがありますので」

善蔵がそう言うと受話器の向こうで京子の明るい声がした。

「ええ、いつでもお電話して下さい。私、店がお休みで暇ですから」

善蔵は受話器を置くと大通りを駅に向かって歩きはじめた。気がついてみれば、青山通りは人の波である。一日の疲れを癒そうとするビジネスマン、ＯＬ達がどこからともなく集まってくる。夜の明かりが華やかに彼らを浮かび上がらせる。

「一体あの女はどこへ行ったんだ」

善蔵はつぶやきながら雑踏の向こうをじっと見つめていた。

七

急な坂道を登り切ると、鬱蒼とした木々に包まれた白い塀が目に飛び込んできた。

「どうやらあの家がそうらしいな」

善蔵と風間は大きな木の門の前に立った。風間の右手には例のアタッシュケースが下げられていた。二人は古びた木の表札を見上げた。「藤枝厳」とそこにはあった。インターホンのボタンを押すと、お手伝いさんらしき五十過ぎの女性が現れ中へ案内された。

中は、これが都心かと思われるような見事な日本庭園である。その庭園の中を玄関へ向かって三十メートルほどの道が続く。風間は余りの広さと美しさに、きょろきょろと辺りを見回しながら歩いた。

やがて、玄関から二十畳ほどの広い応接間に二人は通された。「しばらくお待ち下さい」と言ってその女性がいなくなった後、二人は改めて部屋の中を見回した。銀座の店の応接間と同じく、あちこちに和風の壁画が施されている。恐らくこれも先代の趣味だろう。それにしても見事なものである。暫しの間見とれていると、「わざわざこんなところまでご苦労様です」と言う美代子の声がした。彼女は不意の弔問客に備えるためだろうか、黒のスーツという出で立ちで現れた。心なしか少々やつれたように感じられた。

「あっ、式場では失礼致しました。立派なお屋敷ですね」

善蔵が感じたままこの家を誉めた。

「いいえ、広いだけで……今時、こんな平屋の家なんて珍しいでしょう？　主人の父が『人様の頭の上に住むのも、住まれるのも絶対イヤだ』って言うものですから。私たち夫婦は二階建てに建て直すように随分勧めたんですけどね」

そう言いながら彼女は大きな窓に眼をやった。高台に建っている関係で、平屋にも関わらずずっと向こうまで世田谷の家並が見下ろせた。

「こんな大きなお屋敷に何人でお住まいになっているんですか？」

善蔵が尋ねた。

「昔は主人の両親とお手伝いさんが二人おりました。でも九年前に父が亡くなり、母も四年前に亡くなってからは、お手伝いさんも一人にしましたので、私たち夫婦と三人だけでした。考えてみればこんな大きな家は必要ありませんよね」

「失礼ですがお子さんは？」

「亡くしました。三十過ぎにやっと男の子ができたのですが、病気で……。生まれて一年足らずでした」

彼女はまた窓の外を見つめながら言った。

「そうでしたか。これは悪いことを聞いてしまいました。で、藤枝さんとご結婚されたのはいつ頃ですか?」

善蔵は自分の仕事を続けた。

「私が二十七歳の時です。主人は二十八歳でした」

相手が話しはじめたらテンポを保って会話を続けるのがコツである。

「お見合ですか?」

「いいえ。私の実家は東北の小さな農家です。こんな格式のある家柄からそんな話が来るはずがありませんわ」

「お仕事上のお付き合い、とこういうことでしょうか?」

「私、高校を卒業してから上京して、美術関係の大学でデザインを専攻しました。卒業した後に、宝石関係の会社に就職をしました。そこで知り合ったのです」

「なるほど。で、何という会社でしょうか?」

「池袋の〈イーストジェリー〉という会社です。そこで私はアクセサリーのデザイナーとして働いていたのです。その会社がたまたま主人の会社へ宝飾品を納めていたんです。先代の社長がオリジナル品に力を入れていたものですから、昔からのお得意さまでした。私のデザインした物をとても気に入ってもらいまして、よく買って頂きました。そんな関係で主人と知り合ったのです」

「ほう、それではかなり腕が良いデザイナーだったのでしょうね？」

「腕が良かったかどうかは分かりませんが、〈銀座瑞光〉にたくさん作品を出しているという事で他のお店からの依頼も増えたことは事実です。あのお店のショーウィンドーに飾られるということは、デザイナーにとっては大変なことなんです。あら、当の私がこんな事言うのはおかしいですわね」

そう言って、ここで初めて彼女はちょっぴり笑顔を見せた。

「なるほど、そういうことでしたか。それで、ご主人は一言で言えばどんな感じの人でしたか？」

善蔵は、最も出したかった質問をここで挟んだ。

「そうですねえ……」

彼女は先ほどのお手伝いさんが持ってきた紅茶の上に目を落としながら言葉を選んだ。

「どちらかと言うと、我侭《わがまま》なタイプだったかも知れません。人との駆け引きも上手くありませんでしたし……」

「でも、社長さんだった」

善蔵は反対の言葉を返してみた。

「たまたまこのような家に生まれたからそうなっただけですわ。もしそうでなければ、人様相手の仕事はやっていなかったと思います」

「でも、あのお店はご主人が切り盛りしていらしたんでしょう?」

「社長とは言っても時々思いついた事を言うくらいで、実際にはほとんど専務に任せていたんです」

「叔父の日小坂さんにですか?」

「あら、叔父にお会いになったのですか?」

「ええ先日、銀座のお店で会って色々お伺いいたしました。でも日小坂さんはそんな事は言っていませんでしたね。ご主人の病気の件で話し合いをして、自分が社長をする事になっているとは言ってましたが」

「あの叔父は外に対しては、ずっと主人を立ててくれました。そういう人なんです。亡くなった先代の社長も、あの店があるのはあの叔父のおかげだといつも申しておりました。主人が社長をしていられたのもあの人がいてくれたからだと思います」

善蔵の頭の中で、徐々に藤枝の人間像ができ上がっていった。しかし、もう少し固めねばならない。

「ご主人が、誰かから恨まれていたという事はありませんか？」

「主人の性格からしてあり得ないと思います。仕事は今申し上げたように、実際はほとんどやっておりませんでしたし……何もしていないのですから恨まれようがないでしょう？　プライベートでも、そんな目に会うようなお付き合いはありません」

仕事上のトラブルの線は日小坂の話と合わせても薄そうだと善蔵は感じた。同時に、今日ここを訪ねた本題に入る決心をして善蔵は切り出した。

「ところで、ご主人は火曜日の夜に家を空けることが多かったようですね？」

「ええ、お店の休みが水曜日なものですから。火曜の夜は毎週麻雀をやっていることが多かったようですわ」

「麻雀ですか？　誰とでしょう？」

「学生時代の友人だとか言ってました。それが一番気が休まるって」

「それでは徹夜することもあったのでしょうか？」

「ええ、たまには。翌日の昼頃に帰ってくることもありました。月に一度あるか無いかですけれど」

「徹夜の時は電話連絡か何かあるのでしょうか?」

「ええ、必ずあります。十一時過ぎには電話をしてきます」

「お店を終えたときに今日はどうするという連絡はないのですか? あるいは、朝出るときに予定を言って行くということは?」

「結婚したての頃はそうしていましたけど。この歳ですからね……それに言われなくても、もうお互い分かっていましたから」

「それでは、あの夜も連絡はなかった訳ですね?」

「ええ、何も……」

彼女が口ごもったのを見て、善蔵はさらに立ち入った質問をしてみる事にした。

「それであの晩、ご主人が知らない女性とスナックにいたと知ってどう思いましたか?」

美代子はちょっとつまった様子であったが、すぐ思いついたように返事を返してきた。

「一緒にいたと言っても別に変な関係ではないと思いますわ。どこのどなたかは存じませんが、きっとそれなりの事情があったのだと思います。その女性に何かあったのですか?」

「いいえ、何かがあった訳ではないのですが。まだその後見つかっていませんし……」

そう言いながら善蔵は冷めかかった紅茶に角砂糖を入れてかき混ぜた。そしてそれに一口つけると傍らに置いてあった革のアタッシュケースを膝の上に乗せて言った。

「奥さん、この鞄はご主人が持っていた物ですが見覚えがありますか?」

彼女は見るまでもないという顔で即座に返事をした。

「ええ、それは主人の物です。去年の暮れに仕事でヨーロッパに行ったのですが、その時にイタリアで買ったものです。気に入ったらしくすごく大事にしていました」

「そうですか。ところであの晩、ご主人はこの鞄に四千三百万円という大金を持ち歩いていたのですが、何のためのお金かご存じないですか?」

さすがに驚いたらしく、彼女のピンクの紅を引いた唇からは暫く言葉が出なかった。

「四千三百……万ですか?」

それだけ言うのが精いっぱいの様子であった。彼女がその使途など知らない事は明白であった。

「やっぱりご存じないようですね。それで、その大金はご主人が自分でA銀行から引き出したものなのです。ご主人名義の口座で月々七十万円ほどの入金があるのですが、この口座のことはご存知でしたか?」

この質問には躊躇《ちゅうちょ》しなかった。

「なぜそんな大金を持ち出したかは分かりませんが、その口座の事は知っています。主人が会長をやっていた〈ダリア〉という会社からのお給料の振り込みを受けるための口座です」

「立ち入った事をお聞きしますが、そのような口座は他にもあるのでしょうか？」

これにもすぐ返事が返ってきた。

「いいえ、それだけです。他は全て家の口座に入ってくるようになっています。でもなぜそんな大金が必要だったのかしら……」

彼女にとって、いなくなった女のこと以上にアタッシュケースの大金の方が気になる様子であった。善蔵は最後の仕事にとりかかることにした。

「奥さん、差しつかえなかったらご主人の書斎をちょっと見せていただけませんか？　何か事件の手がかりが掴めるかも知れませんので」

彼女は、快諾すると善蔵と風間を応接の外へ案内した。長い廊下の突き当たりに、周りにそぐわない洋風の木製のドアが見えた。彼女はそのドアを空けると「どうぞ」と言って二人を中へ招き入れた。

中へ入るなり驚かされた。書斎とは言っても十五畳ほどの大きな部屋である。しかもその壁と天井は灰色の凹凸のある不思議な建材で覆われていた。しかし、正面の両側に置かれている畳ほどの大きさのスピーカーを見たときに、それが何なのかは容易に理解ができた。

「これはすごいなあ」

そう言いながら善蔵は中央に置かれた機器類に歩み寄った。

「ほう、ほとんどが舶来の一流品ばかりだ。良い物をそろえてますね」

「あら、刑事さんもステレオの趣味があるのですか？」

「いいえ、私のは趣味と言ったところで、そこいらに転がってるようなもので聞いているだけですよ。しかし、これだけのセットを持ってる人はそうはいませんよ。昔からの趣味だったのですか？」

善蔵が半ば感心して尋ねた。

「ええ、昔から機械物が好きでしてね。しかも新しい物好きなんです。次から次に新しい物に買い換えて……この部屋もご覧のように防音加工までする有り様なんです」

改めて部屋の隅々まで眼をやると、片隅に机とベッドがあり、壁は一面造りつけの棚になっていた。その中は数え切れないＣＤとレコードで溢れていた。ざっと数えてもその数は数千枚にも上りそうであった。善蔵はその夥しい数に眼をやりながらつぶやいた。

「音楽が趣味だったのか……」

もちろん、美代子の返事を期待して言ったわけではなかったが、彼女は答えた。

「音楽というより単に音が好きだったと言った方がいいと思います。とにかく音がしていればそれで良いのです」

善蔵は彼女の言葉に頷いた。オーディオマニアとはそういうものである。彼らは本質的に音そのものが好きなのである。音楽は彼らの本質的な音に対する欲求を満足させる素材に過ぎない。藤枝もきっとそのような性行を持った人間だったのだろう。善蔵はステレオセットのすぐ側に見慣れぬ機械を眼にした。

「これは何ですか？　オーディオアンプとはちょっと違うみたいですが」

善蔵は好奇心にかられて聞いてみた。

「あっ、それはラジオなんですよ」

「ラジオ？　こんな大きなラジオですか？　それにやたらダイヤルが沢山ついてますね」

「普通のラジオじゃないのです。なんでも世界中の放送が良く聞こえるラジオらしいですよ。私にもよくは分かりませんが」

彼女の答えに善蔵は合点が言ったように答えた。

「ああ、オールウエイヴラジオとかいう奴ですね。かなり珍しいものがありますね」

「外からこの家をご覧になって気がつきませんでしたか？　屋根の上に高いアンテナが立ってましたでしょ？　そのアンテナで世界中の放送を聞いていたのです。もっとも主人は外国語はできませんから、世界中の音を聞いていたというのが正しいかもしれません」

「なるほどね。しかし、ずいぶんと高尚な趣味ですね」

善蔵がうなるように言うと彼女は続けた。

「高尚でもなんでもありませんわ。外国の放送を受信したときに、その時刻と受信状況をメールで送ると受信証明の綺麗なカードが海外の放送局から送られてくるらしいのです。そのカードを集めるのが高校時代に流行って、それ以来なんです。その遊びが高じてとうとうこんなお化けみたいなラジオを買うはめになったという、ただそれだけです」

善蔵はもう一度注意深く棚の中のレコードに眼をやった。クラシック系の物はあまり見あたらなかった。ほとんどがポピュラーとジャズ系統のものであった。隅に置かれた机の上には週刊誌が積み上げてあった。善蔵は机に座っている藤枝の姿をはっきりと想像できるような気がした。

二人は押収している大金の取り扱いを彼女に説明すると屋敷の玄関を出た。美代子にとって、その大金がいつ戻されるのかは大した関心事ではないようであった。門をくぐる時に改めて善蔵は屋敷の屋根を振り返った。

「ああ、なるほど。高いアンテナが立っている」

そんな善蔵に風間は喉につかえていた事を口にした。

「あの奥さん、主人の浮気に全然気がついてないみたいですね?」

「ああ」と善蔵は生返事をした。

玄関先にはまだ美代子の見送る姿があった。

八

「先ず、いなくなった女の捜査状況を説明したまえ、柴田君」

例によって、ずれ落ちた眼鏡を直しながら咳払いを一つすると、課長の松隈が言った。相変わらず不遜な口調である。構わず柴田が説明しはじめた。

「現場周辺から駅まで聞き込みを繰り返しましたが、足取りは全くつかめていません。また、藤枝の会社関係をくまなくモンタージュを持って当たりましたが、該当するような女性は発見されておりません。今後は藤枝の個人的な関係に対象を拡大して捜査を続行するつもりです。また、得意先で藤枝の評判を聞いてきましたが、これと言って悪いことは耳にしません。良いところの坊ちゃんという感じで、みんな信じられないという印象を持っているようでした」

「こういう捜査は抜けが一番恐い。藤枝の公私を問わずあらゆる角度から抜けが無いようあたってくれ」

聞きようによっては、まるで「お前の捜査は笊《ざる》だ」と言っているようである。

柴田はこれを聞いて内心〝ムッ〟とする。続いて臼井が、現場に居合わせた客のリストを配り報告をした。

「事件発生の時間帯に現場に居合わせた客は全部で十四人。そのうち、当夜の状況から物理的に犯行の可能性がある客は隣のテーブルで飲んでいた鴨居と相馬だけと思われます。二人の身辺調査を行いましたが、鴨居は輸入雑貨の商社を経営しています。従業員は二十人足らずの小さな会社ですが、一応オーナーで社長です。相馬は鴨居の会社の経理担当の部長です。鴨居は現在四十九歳ですが、以前に経営していた会社を倒産させています。その彼がなぜ簡単に新しい会社経営に成功できたのかは分かりません。藤枝との接点ですが、現在のところ有るとも無いとも分かりません。鴨居の取り扱い品目の中に、アクセサリーが含まれていますので今後もっと突っ込んで調べてみます。ただ、店の中で藤枝と鴨居が会話を交わすのが時々目撃されています。鴨居は藤枝と商売上の関係を持ちたがっていたようです。相馬は以前鴨居が倒産させた会社に既に勤めていました。その時からずっと一緒に仕事をしているようです。現在のところ、まだその程度しか分かっていません」

臼井が報告を終えたところで、左足で貧乏揺すりをしていた松隈がまた口を挟んだ。

「何となく胡散臭い連中だ。油断せずにもっと昔まで遡って調べる必要がある。特に先入観は禁物だ。決めつけないで続行するように。続いて従業員に関する報告をしたまえ、古賀君」

古賀が資料を全員に配ると話しはじめた。

「先ず事件発生の時間帯に、それぞれがどこで何をしていたかを説明します。ホステスの知加子は藤枝の隣のテーブルで、鴨居、相馬の両名と一緒にいました。彼女はこの席から長時間、えー、三十分くらいですが、移動していません。従って、やろうと思えば可能な位置におりました。もう一人のホステス雅美はずっと離れたボックス席におりました。そして、藤枝のテーブルには全く近づいておりません。従って彼女は共犯者であっても実行犯ではあり得ないと思います。バーテンの梶原は、藤枝が倒れる直前にママがオーダーしたビールを運ぶために問題のテーブルまで来ています。従って、犯行の可能性が全く無いとは言い切れませんが、そのような極めて短時間の間に実行可能かどうかは疑問です。梶原は当年二十四歳。九州の高校を卒業してから上京。新宿のある菓子製造会社に就職した後、そこを二年で退職。その後はずっと東京で水商売関係で、この店には二年前から勤めています。ママの京子が行き付けのスナックで彼をスカウトしています。もっとも、これは本人から聞いたことそのままですので嘘があるかもしれません。現段階では残念ながらまだ裏は取っていません」

続いて善蔵が藤枝の店で日小坂から聞いた事を説明し、最後に風間が銀座のクラブ〈ホワイトリリー〉に関しての報告をした。

「ママの京子は、現在の店を開くまでずっと銀座のクラブ〈ホワイトリリー〉でホステスをしていました。そこのママに話を聞きましたが、客も一緒に取られた訳ですから当然あまり良い事は言っていません。『長い間自分の子供のように面倒を見てやったのに、飼い犬に手を噛まれた』と言っていました。それから例の借金の話ですが、藤枝から京子が一千万円を出してもらったという噂が、同僚のホステスの間であったそうです。〈ホワイトリリー〉のママが京子に問いただしたところ彼女は否定したそうですが、ママは『間違いないだろう』と言っていました」

「藤枝の事はどう言っていたね？」

松隈が質問した。

「ええ、『あの人はやっぱり良いところのボンボンよ、あんな女に騙されて』と言ってました。それと、京子が店を開いてからすっかり足が遠のいていたようです。そんな恨みもあるんでしょうね。良い事は何一つ言っていません。藤枝との事については、『大人の男と女が何の関係も無くそんな大金を出すはずがないでしょ』と言っていました」

風間が話し終えると課長の松隈が貧乏揺すりを止めて話し出した。

「まだ情報量はわずかだが、注目すべき点がいくつかある。先ず第一に、藤枝が癌に侵されていた事。ここから他殺とした場合、犯人はこの事実を知らなかった人間である可能性が高い事。第三には物理的、時間的条件からして容疑者は全部で六人に絞るという前回の捜査方針が正しいと確認されたこと。その他の人間は共犯者ではあっても、実行犯ではあり得ない。一番漏れが無いやり方は、この六人の身辺を今後も徹底的に洗う事だ。もちろん、その中の最重点はママの京子だ。借金の話が本当かどうか確認を取る必要がある。また、いなくなった女の捜索は引き続き徹底的に行って欲しい。その他の人間も関わっている可能性は充分あるので、その点も考慮に入れて捜査を進めること。それと、前回にも話した通り自殺の線も念頭に置いておかなければならない。特に、藤枝が癌だったことが判明したことから、その動機は十分あったと考えられる。後の段取りはこの方針に沿って係内で充分打ち合わせること」

松隈が全員を眼鏡越しに眺め、一呼吸置いて例の通り「以上」と言って立ち上がろうとした時、柴田が口を開いた。

「課長は、やはり自殺の可能性があるとお考えなのですか？」

「当然だろう？　今のところ藤枝が殺されなければならない理由も、彼を殺さなければならない人間も見つかっていない。ましてや、あのような場所で毒を入れて殺すというのはいかにも不自然とは思わんかね？　藤枝が癌だったとすれば、ますますその可能性は否定できない。両方の可能性を睨みながら捜査を行わなければならない」

松隈はいらついた眼で柴田を見据えながらそう言うと、最後に「そうだな、和尚さん？」と付け加えて善蔵の顔を見た。善蔵はこれに全く答えなかった。

「それでは、以上！」

再びそう言うと、松隈は会議室を出て行った。残された五人は呆気に取られて、お互いの顔を見合わせた。善蔵がニヤッと笑うと全員に言った。

「さあ、始めようじゃないか」

全員がこの声に気を取り戻すと善蔵は言葉を継いだ。

「今までの情報から考えられる事は一体何か、全員で話し合ってみよう。何でも良いから言ってみてくれ。柴田君はどう思う?」

柴田は四十三歳、脂がのりきったベテラン刑事である。頭が薄い分、善蔵よりむしろ年上に見えるかもしれない。

「私は、意見というより基本的に腑に落ちない事が一つあるんです。それは、どうして現場が飲み屋かという事です。飲み屋で自殺というのもばかばかしい話だけれど、わざわざあんな場所で毒を盛るというのも変な話だと思うんですよ。そこいら辺、どうも合点が行かないですね」

柴田がそう言うと、肯きながら聞いていた古賀がこれを引き取った。彼はまだ二十八歳だが、なかなか鋭い切れ味を持った中堅である。

「僕もいなくなった女の捜査をしながら、柴田さんと同じ疑問を持ちましたね。なぜ、スナックで殺ったのかと。もし藤枝と親しければ、他に幾らでも適当な場所があると思うんですよ。なぜスナックなんですかね?」

間髪を置かず、黙って聞いていた普段から寡黙な臼井が言った。

「同じことがママの京子にも言えると思うな、僕は。例え、藤枝から多額な借金をしていたにしても、自分の店で殺るかなあ？　京子にしても、別な場所に藤枝を連れ出そうと思えば幾らでもできた訳だし……」

現在のところ、これらの疑問には誰も答えることができない。善蔵は頬杖をついて考え込んでいる風間に声をかけた。

「風間君、君はどう思う？　何か感じた事はないか？」

「いやー、オレは分からない事ばかりですよ。青酸カリを入れたって事は、あらかじめ用意してたってことですよね？　ということは、殺意があった事になりますから、藤枝とそれなりの関係があったってことになりますよね？　単に同じ店に遊びにきた客同士がそんな殺し合うような関係になるかなあ？　分からないな、オレには……」

風間の素朴な疑問ももっともであった。煙草をくゆらせながら善蔵が言った。

「確かに分からない事がたくさんある。私にもまだよく分からない。結局のところ、私たちにはまだ判断する材料が足らないと言うことだな。この事件の裏には、表面に出てこない何らかの事情があるのだろう。それを見つけないことには埒が開かないようだ」

「そうですね。きっと何かあるはずです」

年長の柴田が頷きながら答えた。全員が同じ思いであった。

「事の起こりが、藤枝の商売上の事なのかそれとも私生活上の事なのか、今は断定できないが、いずれにしろ関係者の情報を過去に遡って詳しく調べない事には何も分からないだろうな」

全員、善蔵の意見には異論がないようであった。

「それから柴田君、念のため、例のいなくなった女のモンタージュを持って、青山のスナック周辺の聞き込みをもう少し徹底してくれないか？　最重要の参考人は彼女なのだから、発見に全力を上げてくれ」

「はい、分かりました。もう少し頑張ってみます」

すぐに元気よく柴田が返事をした。

「モンタージュを公表して公開捜査はできないのでしょうか？」

たまりかねて風間が質問をした。

「そうしたいのは山々だが残念ながら無理なんだよ、風間君。女はただいなくなっただけだ。凶器を発見したわけでも、殺ったという証拠があるわけでもないのだからな」

善蔵が答えると、風間は言った。

「やっぱり、人権問題になるということですか？」

「その通りだ、風間君。残念だが」

善蔵が慰めるように風間を諭した。そしてさらに続けた。

「風間君が、銀座の〈ホワイトリリー〉のママに聞いたところによると、事件当夜現場に居合わせた知加子はママの京子と一緒に〈ホワイトリリー〉を辞めている。従って、この二人については できるだけ昔に遡って、つまり銀座の〈ホワイトリリー〉時代まで調べる必要がある。それ以外の人間については、あの店の開店以降、つまり三年前までを調べる事にしよう。それで良いかな?」

そう言うと、善蔵は全員の顔を見回した。

「それで良いと思いますが、課長が言った自殺の線はどうします?」

臼井が、言いづらそうにそう聞いた。

「それは一番最後だな。他殺の線で捜査をして、万が一それを立件できなければ自殺ということになるだろう。ただし、私は百パーセントそうはならないと思っているよ。みんなはどう思う?」

「善さん、私もそう思うよ。もし自殺なら、藤枝の所持品の中に、青酸カリを入れていた何らかの容器が出ているはずだ。紙切れさえ持っていなかったということから考えて、自殺はまずあり得ないね」

ベテランの柴田がそう言うのを善蔵は静かに笑みを浮かべながら聞いていた。その二人の顔を風間は見比べた。幾たびもの修羅場をくぐり抜けてきた者だけが持つ顔がそこにはあった。

会議はこれからの各自の役割確認とスケジュールを決定して終了した。

九

アイスコーヒーをすすりながら、善蔵と風間はガラス越しに道行く人の流れを見つめていた。京子が電話で指定した自宅のマンションから目と鼻の先の喫茶店である。約束の午後一時を十分ほど過ぎていた。善蔵は二本目の煙草に火をつけた。ほどなく真っ白なパンタロンにサングラスという出で立ちで彼女は二人の前に現れた。青山のスナックで見る彼女とは全く別人の雰囲気であった。

「あら、待たせました？　すぐ分かりましたでしょ、ここ」

そう言うと、彼女はレモンティーをオーダーした。サングラスを頭の上に跳ね上げ、角砂糖を入れてかき混ぜる彼女を見ながら善蔵は切り出した。

「わざわざすみません。で、お店はいつから再開するのですか？」

「最初は三週間くらいのつもりだったのですが、きりの良いところで十月一日からにしようと思っています。ちょうど大安ですし。もっとも、工事の都合がありますからその通りになるかどうか分かりませんけどね。何とか間に合わせてくれるように業者の方にはお願いしているのです」

「あのお店はまだ新しいのに残念ですね」

紅茶カップを細い指で持ち上げながら彼女が答えた。

「ほんとにそうなんですよ。こんなことでもなければやる必要はないのですけれど。でも、お客さんが薄気味悪いでしょ？　死人が出た店なんて。藤枝さんには申し訳ないけどお陰でとんだ出費ですわ」

都合良くお金の話が出たものだと善蔵は思った。すかさず用件を切り出した。

「お金と言えばママさん、貴女、藤枝さんからお金を借りていませんでしたか？」

一瞬、紅茶をすする彼女の手の動きが止まった。

「刑事さん、どこでそんな話を聞いてきたんですか？」

否定も肯定もしない言葉を彼女は返してきた。

「捜査の都合上色々調べさせてもらっています。後で不利にならないように事実を教えて頂けませんか？」

善蔵は京子の目を見据えて言った。

「別に不利になることなんかありませんわ。私、この前は藤枝さんが亡くなった事とは全く関係ないから言わなかっただけなんです。そんな事に何か関係がありますか?」

彼女の逆襲に対して善蔵は静かに答えた。

「この前、特別な関係ではないとママさんは言った。金銭の貸借関係は世間一般には普通の関係とは言いませんよ。そうじゃありませんか? 但し、その額にもよりますけどね。ところで、一体いくら借りていたのですか?」

三本目の煙草を取り出しながら善蔵は尋ねた。京子は大きく一つ息をすると話しはじめた。

「一千万円です。ただ、借りたと言えば借りた、もらったと言えばもらった、そういう性格のお金です」

「一千万円! そんな大金をそんなあやふやな約束で彼は出したのですか?」

大げさに驚く素振りで聞く善蔵に彼女はすまして答えた。

「刑事さんたちの感覚とは違うんですよ、ああいう人たちは。一千万円なんて小遣いみたいなものなんですから。第一、私が頼んだ訳でも何でもないのです。店を出す資金を集めてるって言ったら、翌週に『これ使え』って小切手で持ってきたんです。借用書を書きますと言ったら、『そんなもの要らないよ。返せるようになったら適当な利息を付けて返せばいい』って、そう言うんです。だから私は五年もすれば軌道に乗るから五年目から少しずつ返しますと言ったんです。そういうお金です、あれは」

「借用書もないのですか？　一千万円で？」

念を押すように善蔵が繰り返した。

「ありません、絶対に。私の控えもありませんし、藤枝さんの会社にも自宅にもないはずです。だって作らなかったんですから、そんなもの」

彼女は半ば捨て鉢に、面倒くさそうに答えた。この連中の金銭感覚はどうなっているのかと、側で聞いていた風間はため息をもらした。

「ママさん、一千万円もの金をそんな形で受け取っておいて、何もありませんでしたはないでしょう？　そんな話が世間で通用すると思いますか？」

彼女の目を正面から見据えて善蔵は問いつめた。

「この前何もないと言ったのは、今現在の話です、今現在の。だって事件の事を聞いているのですから昔は関係ないでしょ？」

自分は嘘はついていないと主張する彼女だが、どう考えても形勢不利である。その雰囲気を挽回しようと、京子はハンドバッグから煙草を取り出し火をつけた。

「それでは、昔は特別な関係だったんですね？」

善蔵がすかさず追い打ちをかけた。京子は煙草を灰皿に置くと両手で髪をかき上げる仕草をした。それから観念したように一気に話しはじめた。

「確かに昔は色々ありましたよ。ホステスと馴染みの客の関係と言えばもうお分かりでしょう？　でも、それは私が青山の店を出す前の事です。それ以後は一切そういう関係はありません。私がこの前、刑事さんに男女の関係はないと言ったのはそういう訳です。これでいいですか？」

彼女は開き直ってそう言うが、少しも良くはない。重ねて善蔵は尋ねた。

「関係がなくなったのはどうしてですか？　誰か他にいい人ができたという事ですか？」

言うだけ言ったら気が楽になったと見えて、彼女の口は俄然軽くなった。

「さあ、どうしてでしょうね。男なんて皆そんなものでしょう？　歳を食った女になんかに用がなくなったんだと思いますよ」

「店の人の話だと、五、六人女性を連れてきていますが、その女性たちは貴女の恋敵ということですか？」

「あら、勘違いしないで下さい。私たち別に愛し合っていた訳じゃないのですから。そんな付き合いだったら、男女関係がなくなったとは言っても、私の前に別な女性を連れてきたりするわけないじゃありませんか」

確かにそれはそうだと善蔵も思う。しかし、反面理解しがたい関係であることも事実である。

「ところで、その借りた一千万円ですが、どうするつもりですか？」

改めて彼女に確認したくなって善蔵は聞いてみた。京子は煙草の煙を吐きながら悠然と答えた。

「別にどうもしませんわよ。藤枝さんは死んでしまったのですから、返しようがないじゃありませんか。それに、あれは考えようによっては、私にくれた手切れ金だと思っていますから」

〈アズナブール〉と金文字が認められた、厚い木のドアこそ元のままだが、開けてみるとそこは以前とは全く別な店であった。

「あら、田草川さん、いらっしゃい」

カラオケの騒々しい音とともに、いきなりママの京子の明るい声が耳に飛び込んできた。二人は正面のカウンターに腰をかけた。カウンターの中にいた雅美にビールを注文すると、改めて二人は店内を見回した。以前と変わらないのはカウンターとその後ろのグラス棚、そしてカラオケセットとトイレのドアくらいのものである。その他は照明器具はもちろんのこと、カーペット、天井や壁のクロス、椅子やテーブルまでが新調されていた。また、その配置も以前の面影は全くなかった。隣に座った京子に善蔵が話しかけた。

「ママさん、随分と金をかけたものだね」

「あらいやだ。見かけほどはかかっていませんよ。でも、おかげでやっとお客さんも戻ってきてくれてほっとしてるんです。一時はどうなるかことかと思いましたよ」

まんざらでもないと言うように京子は笑顔で答えた。なるほど、店内は二十六、七人の客で賑わっていた。じっと店内の様子を伺う善蔵の視線が一人の女性の姿を捕らえて止まった。年は三十前後か。髪は茶色に染め上げ、深いスリットが入ったロングタイトドレスを身につけている。化粧が厚く、見るからに〝ホステス〟という体であった。

「ママ、あの人は新しく入ったのですか?」

傍らにいる京子の方に向き直ると善蔵が尋ねた。

「えっ、どの人ですか?」

「ほら、今ビールを注いでいる、髪の毛の茶色い人」

「ああ、あの娘ですか? あの娘なら前からいますけど」

何の不思議があるのだと言うように京子は答えた。そんな京子に善蔵は驚いて詰め寄った。

「冗談じゃないよ、ママ! 事件の夜、従業員はこれだけだとあんたは言ったはずだ。なぜ、もう一人いると言わなかったんだ?」

怒る善蔵を尻目に、彼女は悠然と答えた。

「だって私は、事件のあった時にいた人の事を聞いているのかと思ったんですよ。それにあの娘は藤枝さんが倒れる一時間以上も前に帰っているのですから、どっちにしろ関係ないでしょ？」

文句を言われる筋合いはないと言いたげである。煙草の煙を勢いよく吹き出したのは抗議のジェスチャーとも取れた。

「一時間以上も前に帰った？　なぜ？」

非難してみても始まらないと悟った善蔵は仕事にかかることにした。

「出勤した時から風邪で気分が悪いと言っていたんです。しばらくお客さんの相手をしていたんですが、やっぱり気分が悪いので帰らせて欲しいと言いましたので帰らせたんです」

「藤枝さんが倒れる一時間くらい前にですか？」

「そうです。一時間以上前だったと思います」

善蔵はもう一度その女を見た。客を相手に何やら身ぶり手振りで話すその様子から活発な女に感じられた。

「名前は何というのですか？」

「麗子ちゃんです」

「ちょっと話をさせてもらっていいですか？」

善蔵の言葉に一瞬京子は眉をひそめた。

「お客さんの前で取り調べみたいな事は困ります。何でしたらこのビルの一階に喫茶店がありますからそこで待っていて下さい。手が空いたら行かせますから。でも長時間はいやですよ。これからがかきいれ時なんですから」

「ママ、ありがとう。大丈夫、さして手間はとらせないよ」

飲みかけのビールをカウンターに置いたまま、二人は急いで店を出た。


エレベータで一階に降りると、確かに喫茶店の看板が見えた。一番隅の席に陣取り、彼女を待つことにした。

「何となく派手そうな女ですね?」

アイスコーヒーをすすりながら風間が善蔵に話しかけた。

「うん、歳をカバーするための手段だろう」

「やっぱり、三十前後ですかね?」

「そんなところだろう」

善蔵の風間に対する返事は全て素っ気なかった。しきりに何かを考えている風であった。風間は、疑問に思っていたことを口にした。

「善さん、一時間以上も前に帰った女が事件に関係あるんですか?」

「うん、無いかも知れないし、あるかも知れない。私にも分からない。物理的には無いと考えるのが妥当だろう。ただし、人間関係の上ではその可能性は十分ある。それをこれから聞き出そうと思っている。どんな事を聞くべきか今作戦を考えている」

そう言いながら善蔵はポケットから煙草を取り出すと火をつけた。それきり黙り込んだので、風間も話しかけるのを止めた。すぐ来ると思った女はなかなか現れなかった。善蔵が吸う煙草はいつの間にか三本になった。

「彼女遅いですね。どうしたのかなあ。まさか忘れてるんじゃないでしょうね？」

しびれを切らした風間が思わず両手を上げて伸びをしたとき、入り口に白いロングタイトドレスに身を包み店の中を伺っている麗子の姿が見えた。黙って煙草を吸っていた善蔵が片手を高くかざし手招きをした。

「刑事さんが私に何の用かしら？」

テーブルを挟んで二人の向かいに腰掛けると彼女はそう尋ねた。どこから見ても美人とは言いがたい。しかし、大きな目と真っ赤に塗った小さめな口のアンバランスはどことなく愛嬌がある。それ以上にタイトドレスに包んだ体の線を最大の武器にしているようであった。わざわざ蓮に腰掛ける仕草からもそれは伺えた。

「いや、取り立てて用というほどの事はありません。亡くなった藤枝さんの事で何か知っていたら教えて欲しいと思ってね」

「すまないけど、煙草を一本いただけるかしら?」

彼女は返事の代わりに、そう善蔵に言った。善蔵が彼女に煙草を渡し火をつけてやる。彼女がうまそうにそれを一服吸うのを見計らって善蔵が問いかけた。

「申し訳ないが、はじめに貴女の本名と生年月日、それに現住所を教えてもらえませんか?」

彼女は吸いかけの煙草を灰皿に置くと話しはじめた。

「店での名前は麗子。本名は立花悦子。生年月日は……」

善蔵の隣で風間が手帳にそれをメモした。

「藤枝さんは貴女から見てどんな人でしたか?」

「彼、いい人だったわ。あのとおり育ちは良いし、お金は持っているし。飲んでも人に絡むようなこともなかったし。私達からすればほんとにいいお客さんだったわ。でも、どっちかというと、人が良すぎるタイプだったかな、彼って。余り世渡りが上手な人じゃないわね。もっとも、あれだけお金があれば世渡りなんか必要ないか」

そう言うと彼女はちょっと首をすくめて笑った。そして上目遣いに悪戯っぽく善蔵を見た。これも彼女がこの世界で身につけた武器の一つに違いないと善蔵は思った。

「あの日、貴女がお店を早く引けたの何時頃ですか? それと何でもよいから気がついた事を教えてもらえませんか?」

彼女の武器を払いのけて善蔵は切り出した。

「そうなのよ、私、あの日は風邪で気分が悪くて早く帰ったのよね。確か八時半過ぎだったと思うわ。でも刑事さん、そんなこと聞いてどうするんですか？」

急に真顔になって彼女は言った。

「当夜の状況をはっきりさせておかなければならないのです。それも私たちの仕事なんです。後で事実に誤りがあっては困りますから」

「ふーん、そうなんだ？　刑事さんも大変よね、同情しちゃうわ」

「それで、お店に出てきたのは何時頃でしたか？」

善蔵の言葉に一瞬彼女の反応が遅れた。

「何時って、いつもと同じ六時頃だったと思いますよ」

そう言いながら、彼女は正面を向いて座りなおすと今度は大きく足を組んだ。ドレスの深いスリットの間からふくよかな白い股が覗いた。これこそ彼女が隠していた最終兵器に違いない。

彼女の表情から彼女自身それを意識しているのが見て取れた。

「貴女が帰るまでの間、彼といなくなった女性に何か変わったことはありませんでしたか？」

「あの晩、彼と話をしたわけじゃないから良く分からないけど、別に変わったところはなかったわ。でも、どうしてあの女の人はいなくなったのかしら？」

「その〝ゆみこ〟という女性とは話をしたことはありますか?」

「いつ頃かよく覚えていないけど以前に一度来たわ。その時、挨拶程度に話をしたのを覚えています。その時も自分で名前は言わなかったわ。藤枝さんが〝ゆみこ〟って呼ぶのを耳にしたから、多分それが名前だろうと思ってただけなんです。藤枝さんがカラオケを歌っても彼女は歌わないし、本当に大人しい人だったわ」

彼女は薄れた記憶を辿るようにそう言った。

「麗子さん、あなたはこの店に勤めて何年になりますか?」

いきなり自分のことを聞かれ、彼女はちょっと戸惑った様子を見せた。それから足を組み直すとオーダーしたアイスコーヒーをストローですすった。意識的に一呼吸入れているのが見て取れた。

「もう少しで二年になるわ」

真っ赤な紅を塗った唇をストローから離すなりポツリとそう答えた。

「もう少しで二年? それではまだ新しいんですね?」

善蔵のこの問いには残念ながら乗らなかった。

「私の事なんかどうでも良いでしょう? 刑事さん。それより藤枝さんの事が聞きたくて来たんでしょう?」

早くもここで善蔵は彼女の逆襲に遭った。

「いや、関係者がどんな人なのかを調べるのも仕事でね。悪く思わないで欲しい。言いたくないことは言わないで良いですから、答えられる範囲で協力をして欲しいのです」

そう言って彼女の抵抗をかわすと、善蔵は再び仕事にとりかかった。彼女も観念した様子であった。

「麗子さんは藤枝さんとは親しかったのですか？」

「親しいってどういう意味かしら？」

彼女はまだ抵抗感を持っているようであった。そんな彼女を善蔵がなだめた。

「いや、別に変な意味で言ってるんじゃないのです。どの程度の付き合いかを知りたいだけなんですよ」

「どの程度って、ただのお客よ。それ以外の関係はないですよ。私もそうだけど、店の他の娘も特別な関係はないと思います。だってママは昔、藤枝さんのコレですからね。藤枝さんにちょっかい出したらママに睨まれてしまいますよ」

「藤枝さんとママはいい仲なのですか？」

既に知っていた事ではあるが、改めて麗子の口から聞いてみようと善蔵は思った。

「私もよくは知らないけど、知加子さんがそう言っていたから本当だと思うわ。ママと彼女は銀座時代から一緒ですからね。なんでも、この店の開業資金の一部は藤枝さんから出てるって話だし。結構、ママと彼はいい仲だったんじゃないかしら」

麗子の口が滑らかになってきたところで善蔵はさらに誘い水を向けた。

「ママには他にいい人がいるんですか?」

彼女は再び首をすくめる仕草をしながら言った。

「さあね、どうかしら。この頃は鴨居さんに熱心みたいだけど……」

「鴨居さんと言えば、あの輸入雑貨の商社を経営している人ですか?」

「そうよ、でも実際のところは何をしているか分からないわ。何をしていようとこちらには関係ない事ですけれど」

「ママとは相当いい仲なのかな?」

「悪くはないと思うけど、私にはそんな事分からないわ」

そう言うと彼女は袖口のカルチェの腕時計に目をやった。

「こんなところで良いかしら。もう店に戻らなくちゃ」

善蔵は彼女を押し止めると話を続けた。

「藤枝さんと鴨居さんはかなり親しかったのですか?」

「さあ、どうかしら。藤枝さんと鴨居さんは時々言葉を交わす程度だったわ。単なるお客さん同士だったと思いますけど。もうこのくらいで良いでしょう?」

そう言うと彼女は立ち上がった。善蔵もさすがに今度は止めることができなかった。

「それじゃーね。刑事さんもつまらない仕事はやめにして、ちょっと飲んでいったら? うんとサービスするわよ」

会釈もせずに彼女はドレスの裾を翻して喫茶店を出ていった。あとには強い香水の香りだけが残った。


「なんだかどぎつい女ですね」

風間がビックリしたような口調で言った。

「女一人、この世界で生きて行くのは大変だということさ」

「これからどうしますか?」

風間が心配そうに善蔵の顔色を窺った。既に氷が溶けてしまったアイスコーヒーを一気にすすると善蔵は風間に言った。

「そこのところを二人でこれからじっくり相談しようじゃないか」

善蔵の言葉に風間も大きく頷いてテーブルに身を乗り出した。

「まず他の捜査員が調べた情報をいったんご和算にして振り出しに戻そう。その上で藤枝が殺された状況からいくつかの仮説を設定してみる。その一番目は青酸カリを使用しているところから、極めて計画的であること。計画的という視点から考えると犯人は藤枝の行動パターンを知っている人間と考えるのが妥当だろう」

風間も善蔵の言葉に頷きながら言った。

「今までの捜査で藤枝はほとんど自分の店の休日の前夜、つまり火曜日に来ていますね。ということは、犯人は藤枝が火曜日に来る確率が高いことを知っていた人間という事でしょうか?」

「その通りだ。青酸カリを所持していて、たまたま藤枝が来たから殺したとは考えづらい」

「その事を知っていた人間と言えば……従業員は当然知っていたはずですよね? それと後は……かなり頻繁に店に来ていた客でしょうか?」

「うん、ポイントは多分そこにあると思う。従業員と常連客の鴨居。彼らの事件前後の行動をもう一度洗ってみることにしよう」

「そうすると全部で従業員が四人、客が一人の合計五人を徹底的に再捜査するわけですね?」

「風間君、従業員は五人だよ」

一瞬善蔵の言葉を風間は理解できなかったが、すぐに気づくと質問した。

「先ほどの麗子も含むと言うことですか?」

「当然だ」

「でも、彼女は事件現場にはいなかったのですから、必要ないのじゃないですか？」

「この際、その場にいたかどうかは考える必要がないと思う。問題は殺意を持っていた人間を捜すことだ。後のことはそれから考えれば良い」

納得したような風間を見て善蔵はなおも言葉を継いだ。

「これらの人間を洗わなければならないが、なにしろ捜査員の頭数が少ない。今朝、連中に課長が他の事件の捜査を命じていたのを聞いただろう？　彼らはこれから掛け持ちになる。専任は僕と君だけだ。従って、今後は別行動をとって分担しなければならない。さし当たり君は、今日会った麗子と鴨居を担当してくれ。麗子の方はこのような商売だから難しいと思うが、昔の経歴まで探って欲しい。私はママと他の従業員を当たる。分かったかね？」

「分かりました。オレ、やれるだけやってみます」

風間は力強く答えたが、一つだけ気にかけていたことを口にした。

「善さん、ところで例の〝ゆみこ〟という女の方はどうするのですか？」

「うん、その事だが、現在の情報だけでは見つけ出すのは不可能だろう。これから他の関係者を再捜査する過程で、どんな些細なことでも新しい情報を聞き出すように努力する以外ないだろう。時間をおいて聞き出せば人間、薄れた記憶を思い出すことがよくあるものだよ」

「そうですか。分かりました。そのつもりでやってみます」

風間のはりきっている様子が善蔵にははっきりと見て取れた。そんな風間に善蔵は言った。

「そこらで一杯やって行くか？　もっともあのスナックのようなところへは行けないが。焼鳥くらいはおごろうじゃないか」


二人は賑やかな表通りから路地裏へ入り、居酒屋の赤のれんをくぐった。店内はたくさんの客でごった返していた。枝豆と焼き鳥を肴にビールジョッキを傾けた。若さに任せて一気に喉まで流し込むと、風間は言いにくそうに切り出した。

「オレ、前から善さんに聞こうと思ってたことがあるんです」

「なんだね、それは？」

枝豆を口にしながら善蔵が風間の顔を見つめた。

「善さんは、どうしてお坊さんのままでいなかったんですか？　どうして刑事なんかになったんですか？」

善蔵は枝豆を噛んだ口に、ビールを飲み込むとおもむろに口を開いた。

「なんだそんな事か。今になって考えると、若気の至りということだな」

「若気の至り？」

風間にはさっぱり合点が行かない。言葉をかみしめるように善蔵は話しはじめた。

「私の家は代々川崎で由緒ある寺だ。当然、自分でも寺を継ぐつもりでいた。しかし、本山へ行って修行を終えた辺りからおかしくなってきた。その頃の私の認識では、僧侶の使命とは己を磨き、釈尊に近づき、しいては世人をもそのような境地に導く手助けをするところにあると信じていた。そこまでは今でも間違っていなかったと思うが、その後がいけなかったな」

「その後がいけなかった？」

「そう、その後がいけなかった。いかにも若かった。寺の僧侶は檀家からの寄進、お盆や葬儀の寸志、果ては戒名料と全て世人からもらった金で生活をしている。僧侶が聖人面をしていられるのは世人が汗水垂らして働いた金を寄進してくれるからだ。世俗の人間が嘘をついたり、人を騙したり、様々な罪を犯すのは全て生活のためだ。もちろん、それを容認するわけではないが、そんな世俗の人間の寄進によって僧侶の生活は成り立っている。食べる心配がない人間に、はたして俗世間の人間を諭すことなどできるだろうか？　自らが俗世間の苦しみをなめずに何の修行か？　とこう考え詰めてしまった。挙げ句の果てが俗世間の一番汚い部分に接点を持つ刑事という職業についてしまった、とこういうわけだ」

「そうなんですか……」

風間にはそうとしか相槌の打ちようがなかった。

「でもな風間君、私は今でも決して仏を裏切ったとは思っていないよ。自分では今でも僧侶の端くれだと思っている。僧侶仲間からは白い眼で見られているのは承知しているがね」

風間は善蔵の言葉に対して否定も肯定もできなかった。ジョッキを傾けながらどう答えたものかと思案した。

「刑事をやって何か修行の足しになりましたか？」

会話をとぎれさすのが恐くて、そう言うのが精いっぱいであった。善蔵は吸っていた煙草を灰皿に擦り付けると風間の問いに答えた。

「この仕事を続ければ続けるほど分からなくなってきた。それ以前に比べて、余計に迷いが大きくなってしまったな。長い間、色々な事件に接する度に人間の業の深さを思い知らされた。現世の利益のために、ある時は親が子を殺《あや》め、子が親を殺める。本山で修行をしていたときに考えていた以上に人間の業の深さには際限がなかった。この仕事についたが故に、真理に到達する道はさらに遠のいたような気がする。その事に気づいた事だけが唯一の収穫かな。情けないことだ」

自分自身に言い聞かせるように善蔵はそう言った。何の宗教をも持ち合わせていない風間にも、おぼろげながら善蔵の気持ちが分かるような気がした。しかし、これ以上踏み込むのは失礼だと判断した風間は、ジョッキを傾けながら話題を変えた。

「オレ、事件のことで、ひとつ分からない事があるんです」

「分からないこと？　なんだねそれは？」

「誰かが藤枝を殺したとして、動機は金目当てか怨恨かということです」

善蔵は大きく頷きながら風間の質問に答えた。

「いい質問だな。まだ推論の域を出ないが、藤枝の人物像から考えて、私は金銭面に絞って捜査をした方が良いと思っている」

風間も同じ思いでいたのか頷きながらさらに質問を続けた。

「金銭目当てということになれば、今のところ、ママの京子が最右翼ということになるのでしょうか？」

「常識的にはそうなる。しかし、我々が知らない関係が存在すると思って当たった方が良いだろう。むしろ、それを突き止めるのが仕事になるだろう」

「具体的にはどうしたら良いでしょう？」

「該当する人間たちの事件前後の行動を分刻みで調べる必要がある。もちろん、過去の経歴も同時にね」

「そうすれば何か出てくるでしょうか？」

念を押すような風間の質問に善蔵は自信ありげに答えた。

「必ず何かが出てくる。私が保証するよ。該当者の中に必ず不自然な行動を取っている人物がいるはずだ。それを求めて徹底的に聞き込みをする事にしよう。もう余り時間はない。事件は後から後から押し寄せてくる。ぼやぼやしていると、私たちも他の事件と掛け持ちになってしまう。そうなる前に、明日から全力を上げようじゃないか。頼むよ、風間君」

そう言うと善蔵は自分のジョッキを風間のジョッキにぶつけた。

十一

二人は翌日から精力的に聞き込みに力を入れた。しかし、時間ばかりが徒《いたずら》に過ぎた。

一般的に、発生から三ケ月以内に解決しない事件は長期化する。もちろん、事件そのものの難しさもあるが、投入できる人間の数に限界がある事が主たる要因である。

若い女性が好んで訪れる青山、原宿界隈だが、裏通りに一歩足を踏み入れれば、非合法組織が深く根を張っている。それに加えて近頃では、警察ですら実体を掴め切れない外国人が流入し、さらに事件捜査を困難にしている。

刑事の数に比較して余りに事件の数が多過ぎるのである。従って短期間に解決しない事件は細く長く、地道に追いかける以外に方法はない。

いつしか、コートなしでは歩けない季節になっていた。善蔵と風間も他の事件と掛け持ちをせざるを得なくなっていた。

善蔵は特にママの京子についての情報を収集した。銀座の〈ホワイトリリー〉のママ以外には、彼女を悪く言う人物はいなかった。店の経営も順調であり、金に窮していた様子はない。彼女が藤枝を殺さなければならない理由はどこにも見あたらなかった。その他の従業員もそれは同じ事であった。

寸暇を惜しんで二人は必死に夜中まで東京中を歩き回った。歩き疲れて誰もいない暗い事務所に戻り、善蔵が煙草を吸っていると風間が戻ってきた。

「どうだい、何か収穫はあったかな?」

「いや、だめです。麗子が東京に出てきてから二度目の転職先まではつかめましたが、その後はプッツリです。どこで何をしていたのやらさっぱり手がかりがありません。フーゾクでもやってたんでしょうかね? オレ疲れちゃいましたよ」

コートを脱ぎ、業務日報を記入している風間を善蔵が誘った。

「どうだい、焼鳥でも食いに行かないか?」

善蔵に誘われた風間は、日報から手を離すと思いついたように答えた。

「いいですね、行きましょう。ところで、ちょっと気になる事を耳にしたのですが……」

「気になること? 何だねそれは?」

「あの店の隣に〈カルタゴ〉というスナックがありますよね?」

「うん、確かにあったな。それがどうした?」

「今日、もう一度行ってみたんです。そこのマスターの三船という男に会ったんです。その男はあの店の従業員とは顔馴染みなんですが、事件のあった夕方五時頃に麗子がシャッターを開ける音を聞いたと言っていました。あの店を開けるのはほとんど麗子がやっているんですが、いつもは六時頃だそうです。いやに早いなと思ったそうです」

風間の言葉に善蔵は思わず身を乗り出した。

「あの女はあの晩、風邪のために早退したと言ってたな? それに前回話を聞いた時は、いつも通り六時に出勤したと言っていたはずだ」

確認するように善蔵は言った。

「そうなんです。風邪で早退するほど体調の悪い人間が、そんなに早く店に出勤するでしょうか? オレの考え過ぎかな? でもちょっとおかしいと思いませんか、善さん?」

その瞬間、善蔵の長年の刑事としての勘がぴくりと働いた。その問いに答えるかわりに善蔵は風間に言った。

「風間君、あの女をもう少し突っ込んで調べてみよう。何か出てくるかもしれん」

麗子の存在が善蔵の頭のなかで急速に大きくなっていった。善蔵は風間と連れだって、近くの焼鳥屋へと向かった。事務所の柱時計は既に夜の十時を回っていた。

＊

開店まもないスナックのカウンターで善蔵はマスターの三船と話していた。事件のあったスナック〈アズナブール〉の隣の店〈カルタゴ〉である。照明の薄明かりに照らされた店内には、まだ客の影はない。おあつらい向きである。三船もくつろいだ雰囲気でカウンターに両肘をついたまま善蔵の質問に答えた。

「私の署の若い者の話だと、あの日の夕方、隣の麗子さんの出勤がいつもより早かったそうですけど、もう少し詳しく話してもらえませんか?」

簡単な雑談の後に善蔵が切り出した。

「ええ、彼女はいつも六時頃に出てくるのですが、あの日は五時頃に出勤したんです。あれ、今日は早いなと思ったのを覚えています」

「その時間に彼女と顔を会わせたのですか?」

「いいえ、顔を会わせたわけではありません。ウチの店は料理メニューが多いので仕込みの時間がかかります。ですから四時には私が毎日出勤しています。それで、麗子さんが出勤したときは必ずシャッターを開ける音がしますから分かります」

「隣の店はいつも麗子さんが開けるのですか」

「時々、梶原さんが開ける時もあるようですが、ほとんど麗子さんが開けているみたいですね。だから、あの日も顔を会わせてはいませんが、彼女だと思います。帰りもほとんど彼女が閉めているようです」

「その日の前後に、早く来たことは？」

「いいえ、私の記憶ではありません」

「ついでに伺いますが、その前日の夜には何時頃シャッターを閉める音がしましたか？」

残念ながら期待した答えは得られなかった。

「開店前は静かだから聞こえますが、夜は店の中がうるさくて聞こえません。それにシャッターと言ってもあんな軽い物ですからね。それほど大きな音はしません。ですから、それは分かりません」

確かに普通の商店にある物とは異なり、ステンレスパイプを簾状にした、どちらかと言えば飾りに近いようなシャッターである。

善蔵は、ここへ来たもう一つの目的を重ねて彼にぶつけてみた。

「あの麗子さんという娘はどんな感じの娘ですか？　ちょっと見たところ、年の割に派手な印象を受けますが」

三船は善蔵の言葉に頷きながら答えた。

「ウチの店は明け方までやっていますから、時々彼女もここへ来るのですが、とにかく気風《きっぷ》が良いですね。飲むのはいつもレミーですし、自分の店がはねた後にお客さんを連れてくることもあるのですが、ほとんど自分で払いますね。もっとも、それに見合うだけのものは貢がせていると思いますが」

「隣の店は十一時半まででしたね？」

「そうです十一時半までですよ」

「彼女の家は確か横浜でしたね？」

「そうです。だから毎晩店がはねてからタクシーで渋谷まで行って、東横線の最終電車で帰るのだそうです。でもほとんど誰かのところへ泊まっているのじゃないでしょうか」

「だれか決まったいい人でもいるのですか？」

三船は意味ありげに善蔵に笑いかけながら答えた。

「あの年でああいう商売ですから、いない方がおかしいでしょう？　刑事さん」

「それもそうだ。で、あなたは誰か心当たりがあるんですか？」

三船は相変わらず薄笑いを浮かべながら話した。

「その人がそうかどうかは分かりませんが、鴨居さんという人とよくここへ来ていますね。二人の様子からしてかなり親密である事は確かでしょう」

善蔵はポケットから煙草をとりだした。すかさず三船が火をつけた。

「あ、これはすみません。その鴨居さんというのは輸入雑貨を商売にしている、がっちりして顔の浅黒い人ですか?」

「そう、四十五前後のね。偉く金まわりは良さそうだけれど、何となく得体の知れない人ですよね」

「その人と麗子さんができていると?」

「さあ、それは分かりません。ただ、いい年をした男と女がウチの店で深夜の二時まで飲んでいたら、その後どうなるかは常識的に分かるのじゃないですか?」

善蔵も三船の言葉に大きく頷いた。

「ところで、その鴨居という人と、隣のママがいい仲だという事はないですか?」

いきなり三船が大きな声で笑い出した。そして言った。

「そんな事ありえませんよ。あれはママのタイプじゃないですね。彼女、あれでなかなか気位が高いですからね。世間的なブランドのない人を相手にはしませんよ」

「なるほど。ところで、麗子さんの私生活について、もっと知っている事はないですか?」

三船は煙草を取り出すと自分で火をつけた。

「あまり悪口は言いたくありませんが、典型的な水商売の女という感じですね。派手好きで見栄が強くてね。もっとも他人に迷惑をかけなければ本人の勝手ですけど、ウチの飲み代も随分たまってるんです」

「ほう、幾らくらいですか」

「二十万円くらいはありますよ。まあ、隣にいますからしつこく催促はしませんけどね」

残りのビールを飲み干すと善蔵は店を出た。隣の〈アズナブール〉の前でしばし足を止めた。豪華な木製のドア越しにかすかなカラオケの音が漏れてくる。一瞬、ドアを開けて入ろうかと思ったが止めにした。頭の中の整理がまだついていなかった。彼女たちに会う前に調べておかなければならない事があった。

善蔵はそのままエレベータに乗るとビルの外に出た。十二月も半ばになり外は騒々しい。あちらこちらのウィンドにはクリスマスの飾りが施され、表参道の並木も数え切れないほどの電球でライトアップされている。

その美しい並木の下を車の列が数珠を繋ぎ、少し大人のアベック達が肩を寄せあいながらどこへ行くともなく楽しげに歩いている。この街にとっては今の時刻が夜明けなのだ。全ての事はこれから始まるのである。何が始まるのかは誰にも分かってはいない。それを見つけるために大勢の人間が、夜な夜なここへ集まってくる。そのような出来事の一つが藤枝の死であったに過ぎないのかもしれない。

　何かを期待し、何かを求めて歩きまわる。そして一時感動してもすぐに忘れ去ってしまう。藤枝の事件の事など、もう誰の意識の中にもない。恐らく〈アズナブール〉も元の賑やかさをすっかり取り戻していることだろう。しかし、刑事である善蔵は決して忘れる事はないし、また、忘れる訳には行かないのである。

十二

翌日、すぐに消費者金融のデータバンク会社へと善蔵は足を運んだ。朝から冷たい十二月の雨が降り続いていた。トレンチコートの襟を立て、傘で雨をしのぎながら濡れた歩道を歩いた。

世間一般に言われる「サラ金」、つまり「消費者金融」のほとんどの業者は一つの団体に加盟している。この団体に加盟した業者は、個人の取引データを地域毎のデータバンク会社のホストコンピュータに登録する事を義務づけられている。それぞれの業者は、固有の専用端末を持ち、その端末はデータバンク会社のホストコンピュータと直結されている。

従って加盟業者は借り入れの申込者が来た場合に、この端末を叩くことによりその人間がどの店でどのくらい借りているか、また、どの店でどのくらい返済を滞らせているのかが一目で分かるのである。お互いが、お互いの個人データを一ケ所に登録する事により、自らの貸し倒れを防止するメリットを享受する仕組みである。ある店で追加の融資を受ける後ろめたさから、他の店を訪れる客が多いが、実は全てお見通しと言うわけである。

担当者に面会を申し入れ、麗子の個人データを検索してもらう。打ち出された彼女の借り入れ履歴を頭から眺めて、善蔵は我が目を疑った。借入先は十二店舗に上っていた。しかも、その借入総額はピーク時に何と、四百万円を越えている。

「なぜこんな女にこんな大金を貸すのだろう?」

初老の係り員も困った様子で答える。

「ウチの組合員にも色々ありましてね。言っちゃ何ですが、これらの業者はかなりきわどい貸し出しをするところでしてね」

しかし、最終残高を見た時に再び善蔵は驚かされた。

「八月の末に全て綺麗に返済されている! どうしたんだろう?」

善蔵の疑問に答えて男は言った。

「典型的なパターンですよ。もっといかがわしいところからまとめて融資を受けて返済したのでしょう。後はその業者が他のどの業者にババを引かせるかですね」

「ババを引かせる」とは、客が返済能力を越えている事を承知で貸し出し、他の業者にその尻拭いをさせる事である。つまり、他の業者からの更なる借り入れによって返済してもらう事を前提として貸し出すことを言う。のっけから、客の真っ当な収入で返済してもらうことは当てにしていないのである。そして、その自転車操業が行き詰まった時に貸していた業者が「ババを引く」、つまりは焦げ付きを出すことになる。

その老人は更につけ加えた。

「これだけの額をいかがわしいところから借りると、金利だけでも相当な金額になるはずです。ウチの組合店と違って彼らは平気で違法な金利を取りますからね」

コンピュータデータのプリントをもらうと、善蔵はデータバンク会社を後にした。

「確かに、もっと悪質な業者から借りて返済したとすると、利息だけでも相当な金になるはずだ。悪くするとあの女、自己破産だな。それとも何か返済する当てがあって借りているのだろうか？　いや、待てよ……」

データバンク会社の外へ出ると、雨は小降りになっていた。師走も押し迫って人の行き来も慌ただしさを増している。善蔵は歩道に立ち止まると煙草を取り出し火をつけた。そして、その場に立ち止まったまま、そんな落ちつきのない辺りの様子を見渡した。暫く何を考えるでもなく煙草をふかしていたが、もらってきた麗子のコンピュータデータを取り出し、再びしげしげと見入った。

「一度に四百万円の返済か……。いずれにしても、もう一度〈アズナブール〉へ行って、あの女に会わなければいけないな」

＊

その日の夕刻、善蔵は風間を連れて青山の〈アズナブール〉へ出向いた。ドアを開けると、「あら、刑事さん」と言う声とともに真っ赤なドレスの麗子が近づいてきた。

「やあどうも、ママはどうしました？」

「あら、ママがお目当てなの、残念ね。まだ出勤してませーん」

「ああそうですか。それは残念だったな」

「私じゃいやかしら？　そちらのハンサムボーイは私のタイプだわ。あちらでご一緒させていただこうかしら？」

そう言うと麗子は奥のボックス席へ二人を誘った。店内にまだ客の姿はなかった。願ったり叶ったりの条件である。ビールを注文すると二人は麗子とテーブルを挟んでグラスを交わした。グラスをテーブルに置くと、開口一番彼女は言った。

「今日は何を調べにきたの、刑事さん？」

例によって煙草を取り出しながら善蔵が答えた。

「いや、今日はただ飲みに立ち寄っただけさ」

「あら、そうなの。今日はお客さんというわけね、うれしいわ。ゆっくりしていって下さい」

楽しそうに彼女はビールをグラスに注ぐ。

「もう少しで今年も終わりだね」

善蔵が会話をつなげる。ビールを口にしながら彼女が応じた。

「ほんとよね。一年なんて早いものだわ。あと三日でクリスマスですからね」

そう言いながら、改めて彼女は善蔵の坊主頭をしげしげと見つめた。そして言った。

「刑事さん、どうして坊主頭なの？　本当はお坊さんだったりして」

脇から風間が口を挟んだ。

「そうなんだよ。田草川さんは本当のお坊さんもやってるんだよ」

「嘘！　冗談でしょう？　本当にお坊さんなの？」

「その通り、刑事は仮の姿、アルバイトみたいなものだ。もっとも、アルバイトが本業のままで一生を終えそうだがね」

善蔵の言葉に麗子は目を丸くした。そして、もう一度彼の坊主頭に目をやった。

「お坊さんならクリスマスなんて関係ないわね」

「無くはないさ。相手が誰であれ、この世に生を受けたことを祝うに何のためらいがあろうか」

「それではお寺でクリスマスパーティーなんかやるんですか？」

半ば呆れ顔に麗子は聞いた。

「寺が主催してやることはないが、毎年クリスマスには実家でケーキを囲んで祝うことにしている。仏は誰をも拒まないということだな」

「何だか変な話ですね」

「別におかしいことはないさ」

澄まし顔で善蔵がそう言うと、まだ合点がいかないと言った顔の彼女は急に思い出したように膝を叩いた。

「あっ、そうだ。今ウチでクリスマスキャンペーンやってるのよ。今ならボトルが半額なんですけど一本いかがですか?」

「おいおい、ワシたちは藤枝さんとは違うんだ。こんな高級な店にボトルをキープできるような身分じゃないよ」

「あら、そんなに高くないですよ。見てくれが高級なだけですよ。でも藤枝さんはね……あの人は確かにいつも高いお酒を飲んでいたわね」

麗子の目を覗き込むように善蔵が言った。

「確かあの人はいつもウィスキーだったね?」

「そうよ、ウィスキーが好きだったみたいね。ビールは最初に一口だけ」

そこへもう一人のホステス知加子がやってきて腰を掛けた。

「あーら刑事さん、その節はどうも。お役に立てなかったようでごめんなさいね。今日はどうなさったの。またお仕事ですか?」

鴨居と同じく藤枝の隣のテーブルに座っていたことから、かなり長時間に渡って彼女も事情聴取を受けた。それに対する挨拶を軽くした。

年長のホステスらしく、胸の谷間が見えそうなセクシードレスである。まるで下着姿のようである。スカートの丈などにはお構いなしに正面を向いたまま大胆に足を組んで見せる。風間は目のやり場に困った。

「知加子ちゃん、この刑事さん、本職はお坊さんなんですって」

早速、麗子が解説をした。

「えーっ、本当ですか?」

そう言いながら知加子もやっぱり善蔵の坊主頭を眺めた。

「それじゃ、今日は般若湯《はんにゃとう》を飲みに来たと言うわけですね?」

「おや、ずいぶんと洒落た言葉を知っているね」

「偉いでしょ? この商売をやっていると、いろんな人がいろんな事を教えてくれるのよ。耳年増になってしまうわ」

二人にビールを注ぎながら知加子は笑った。少し場が和らいだところで善蔵は探りを入れてみた。

「この店に一番先に出勤するのは麗子さんだよね?」

「そうよ、ママの他には私と梶原君しか鍵を持ってませんからね。彼って寝坊だから、ほとんど私が開けてるのよ。それがどうかしました?」

怪訝そうに麗子が聞いた。

「いや、別にどうという事はないけどね。それで藤枝さんが亡くなった夕方、あなたはいつもの時間に出勤したと言っていましたが、それに間違いありませんか?」

瞬間返事に詰まったが、麗子は思い出すような仕草をして答えた。

「別にいつもと同じだったたと思いますけど」

すかさず善蔵が切り込んだ。

「隣の店のマスターは貴女がいつもより一時間くらい前に出勤したと言っていますが」

暫く麗子は黙り込んだ。思い出そうとしているようにも、どのように答えるべきか思案しているようにも感じられた。

「いいえ、そんな事はないと思います。第一、あの日私は隣のマスターと顔を会わせていませんよ」

この返事のすぐ後に、麗子は矛先を変えた。

「そんな事、どうでも良いじゃないですか。なぜ私にそんな事を聞くんですか？」

ゆっくりと、落ちついた声で善蔵が言った。

「いいや、別に深い意味はないのです。ただ、あの日の流れを確認してみたかっただけなんだ」

うんざりしたような顔をして麗子が答えた。

「体の調子が悪くて眠れなかったのでいつもより早く家を出ましたが、そんなに早くはなかったと思います」

「なるほど、それで早退したわけだ」

「そうです。それで良いですか？」

多少険悪なムードになってきたので、善蔵は話題を変えた。

「ところで、例のいなくなった女性の事だが、未だに見つからなくて困っているんだ」

ビールをあおりながら、小馬鹿にするような口調で麗子が言った。

「警察も大したことないわね。女の子一人見つけられないなんて。刑事さん、お坊さんでしょ？　仏様にでもお願いしてみたら？」

「あいにく出来損ないの坊主でね。とんと仏からの頼りがないのさ」

坊主頭をなでながら善蔵が申し訳なさそうに言い訳をした。

「そんな特徴のある人でもないし、名前だってあやふやなんだから無理もないわよね？」

善蔵を庇《かば》うように、隣に座っていた知加子は風間に向かって言った。

「ええ、そうですね」

風間は困って生返事をした。

「それに、上品で綺麗な人だったけど、とびきりの美人というほどでもなかったしね?」

麗子が知加子を促した。

「そう、あまり目立つ人じゃないわね。でも、そのくせ手袋なんかして、ちょっとお高いと言えば、お高い人だったかも知れないわ。あれで良いところのお嬢さんだったりしてね」

「まさか。お嬢さんはないでしょう?」

「そう言えば、前に来た時も彼女手袋をしていなかった?」

「そうだったかしら、よく覚えていないけど。見かけによらずおしゃれな人だったのかも知れないわ」

二人の会話を聞いていた善蔵の目が光った。

「今何て言った? 以前に来た時も手袋をしていただって?」

「ええ、確か手袋をしていたわ。ねえ麗子さん」

「していたような気もするけど、よく覚えていないわ、私」

自信なさそうに答える麗子に代わり、善蔵が知加子に尋ねた。

「彼女、どんな手袋をしていたのかな？」

「どんなって、確か前に来たときも白い手袋だったと思うわ。ねえ、麗子さん？」

「そうだったかしら」

「本当に二度とも手袋をしていたんですか？」

善蔵の視線が二人の顔を捕らえて静止した。

「別に不思議はないと思いますけど。何かおかしいですか？　ちょと上品な女性ならすることはありますよ」

知加子の言葉を引き取って麗子が言った。

「もしそうなら、人に見せたくない傷でもあったのかも知れないわね。ひどい痣《あざ》とか、火傷の痕とか……」

二人のこのやりとりを聞き終わると、急に善蔵は黙り込んでしまった。彼女たちはもっぱら若い風間を相手にした。ビール三本を空にすると善蔵は風間を促して店を出た。善蔵の態度を不審に思った風間がエレベータの前で尋ねた。

「一体どうしたんですか？　例の手袋の話から何か分かったんですか？」

「例の女が、二度とも手袋をしていたというのがどうも気にかかる」

コートのポケットに手を突っ込みながら、善蔵はしきりに何かを考えているようであった。

「善さん、やっぱりその女は指紋を残さないように手袋をつけていたんじゃないですか?」

以前話した自分の考えを再び善蔵に風間はぶつけてみた。

「いや、恐らく違うだろう。よく考えると、手袋をしていたという事は逆に彼女が犯人である可能性が弱くなった事になるんじゃないかな。手袋をした手では、毒物を入れるという細かい動作はやりづらくなるからね」

善蔵の言葉に頷きながら風間が再び尋ねた。

「そうかも知れませんね。で、何が気にかかるのですか?」

その問いには答えず、善蔵は風間に言った。

「風間君、明日朝一番に〈銀座瑞光〉へ行ってみよう」

風間は飲み込めぬまま聞き返した。

「何をしに行くのですか? 藤枝の店で手に傷のある女性でも見かけたのですか?」

「いや、その逆かも知れない。まさかとは思うが調べてみて損はないだろう。ダメで元々だ」

「その逆?」

善蔵の言うことが風間には全く理解できなかった。

十三

「日小坂さん、貴方の店ではパンフレット類はどこで作っていますか?」

いきなり予期せぬ事を聞かれ、日小坂は戸惑った。

「パンフレットと言いますと? カタログとかそういうものの事でしょうか?」

「そう、店の宣伝用のチラシとか」

やっと合点が行ったように日小坂は答えた。

「刑事さん、ウチの店ではそういった類のものは一切作っていません」

「一切作っていない?」

その言葉に対して半ば自慢げに日小坂は答えた。

「ウチの店はそのような経費をかける必要がないということです。〈銀座瑞光〉の名前だけで十分お客様は来ていただける、とこう言う訳ですよ刑事さん」

その日小坂に対して善蔵はさらに突っ込んだ。

「今までただの一度もないのですか？　一度も」

善蔵の言葉にやや上目使いに宙を見つめ、日小坂は暫し考え込んだ。ややあって、彼は思い出したように言った。

「そう言えば一度だけあります。ウチの五十周年の時に社長の企画で作ったことがあります」

「いつ頃の話ですか？」

「一年半ほど前の事です」

「そのパンフレットの現物を見たいのですが、ありますか？」

「一部だけとってあると思います。ちょっと待って下さい」

そう言うと日小坂は応接間を出て行った。暫くして戻ってきた彼は一部の豪華なダイレクトメールを善蔵に手渡すと言った。

「これですが、これがどうかしましたか？」

善蔵は、手早くそれに眼を通すと日小坂に聞いた。

「これを作った企画会社を教えてもらえませんか？」

「それは社長が一人で作ったもので、私は全くタッチしていませんでした。大学時代の友人の関係とか言っていましたが、どこで作ったものか私には……」

小首を傾げる日小坂に善蔵は間髪入れずに問いただした。

「これだけ立派なダイレクトメールなら、それなりのお金がかかっているはずです。当然、その時の領収書はとってありますよね？」

善蔵の言葉に慌てて日小坂は背筋を伸ばした。そして、すぐに応接間を飛び出していったきり、暫く戻ってこなかった。

「たかが一年前の領収書が三十分たっても出てこないところを見ると、看板ほどのことはないな、この店も」

善蔵が三本目のタバコに火をつけながら呟いた。そのうち、やっと一枚の領収書を持って日小坂が戻ってきた。

「〈ハルエージェンシー〉か、これでよし」

何の事か分からぬと言った体の日小坂と風間を前に、善蔵は低く呟いた。

＊

「善さん、一体どういう事なんですか？　教えて下さい」

足早に歩く善蔵を追いかけながら風間が尋ねた。

「その女は綺麗な手をしているかも知れないということだよ、あくまで推測に過ぎないが」

意外な善蔵の答えに風間は戸惑った。

「えっ、綺麗な手をしていたらなぜ隠すんですか?」

噛んで含めるように善蔵は風間に言った。

「風間君、君は〈パーツアクター〉という職業を知っているか?」

「何ですか、それは?」

「教えてやろう。体の一部だけを使う俳優のことだ。例えば、耳だけ、足だけ、手だけとね」

「それだけで商売になるんですか?」

なおも不思議そうに聞く風間に善蔵は歩きながら説明を続けた。

「例えば手だけを使う俳優は『テタレ』と呼ばれている。カタログなどに手の写真を掲載しなければならない時に、あるいはテレビで手を大映しするような時に彼女たちの出番が来る。ほら、このダイレクトメールのようにね」

日小坂から借りてきたダイレクトメールを善蔵は風間に広げて見せた。そこには指輪をつけた女性の手が映し出されていた。それをのぞき込みながら風間が言った。

「誰の手でもいいと思いますけれど」

「馬鹿を言え、特にアップにした時に美しく見える手の持ち主はそう多くはない。『顔が美しい女性より手が美しい女性の方が希《まれ》である』という説があるくらいだ」

「それと手袋と何の関係があるんですか?」

「『テタレ』は自分の手が商売道具だ。万が一傷をつけたら職を失う事になる。だから彼女たちは四六時中手袋をつけているものなんだ。分かったかね?」

風間もようやく飲み込めたようである。

「では、その女性は『テタレ』だと言うわけですね?」

「まだそうと決まった訳ではない。その可能性があると言うだけだ。〈ハルエージェンシー〉というところへ行けばはっきりするさ」

「なぜ、善さんはそんなことを知っているんですか?」

いぶかしげに尋ねる風間に善蔵が言った。

「風間君、お寺というところはね、巷の情報で溢れているんだ。お寺に十年いればどんな馬鹿でも下手な教師よりは物知りになるというもんだ」

〈ハルエージェンシー〉からさらに使用した『テタレ』を斡旋するプロダクションを紹介された。プロダクションの担当者に〝ゆみこ〟の名前を告げモンタージュを見せた時に、善蔵の推測は間違いなかった事がはっきりした。

「ああ、峰岸裕美子さんですね」

彼はいとも簡単にそう言った。

十四

「なぜ、黙ってあそこから逃げ出したのですか?」

取調室のテーブルを挟んで、善蔵は峰岸裕美子と向かい合っていた。

「すみません。申し訳なかったと思っています。でもしょうがなかったんです。あの場にいたら、私と彼とのことが公になってしまいます。そうしたら私……」

彼女は言葉を詰まらせた。

「ということは、貴女と亡くなった藤枝さんとは深い仲だったということですね?」

善蔵がさらに問いつめた。

彼女は何も言わず、ただ頷いた。全員の証言通り物静かな女性だった。とびきりの美人ではないが落ち着き払った上品さがあった。この日もやはり彼女は白い手袋をしていた。育ちの良い家の若奥さんといった感じである。その視線の奥に言いしれぬ優しさを善蔵は感じた。藤枝もこの女性のそんなところに好意を持ったのだろうか。そんな事を考えながら善蔵は質問を続けた。

「いつ頃から、どういう経緯でそうなったかを話してもらえませんか」

その場の雰囲気を和らげるように、善蔵はタバコに火をつけると大きく吸い込んだ。ポッリと彼女は話しはじめた。

「一年半ほど前の事です。藤枝さんのお店のダイレクトメールの写真取りに私がお手伝いする事になりました。藤枝さんは非常に熱心で撮影現場にも立ち会いました。そこで紹介されて知り合ったんです。撮影が終わった後で食事に誘われて……」

「それで深い仲になった」

「いいえ、違います。そのときはそれで別れました。それから暫くして事務所に電話がかかってきました。そうして何度か一緒に食事をするようになったんです」

「そうして自然に男と女の関係になった」

その問いに彼女は何も言わずに頷いた。

「あなたは三十二歳だそうだが、結婚歴は？」

彼女は一瞬ためらいを見せたが、やがて静かに答えた。

「ええ、あります。四年前に別れました」

「なるほど。ところで短刀直入に聞きますが、藤枝さんは薬物によって殺されている。その薬物の入ったグラスの一番間近に、長時間いたのがあなただ。しかも、あなたは事件現場から逃走している」

「違います！　私はあの人を殺したりなんかしません！」

今までの低い声とはうって変わって、彼女は大声で叫んだ。

「彼との間はうまく行っていたのですか？」

そんな彼女に次の言葉を善蔵はあびせた。

「信じていただけないかも知れませんが、私は真剣にあの人を愛していました。私は一銭の経済的援助も彼からは受けていません。そんな関係ではないんです」

彼女は言葉を詰まらせ、そして下を向いた。

「なるほど。貴女の彼に対する気持ちは分かりました。それで彼の方では貴女をどう思っていたのですか？　あなたを本当に愛していると彼は言っていましたか？」

善蔵の言葉に再び彼女は静かな口調に戻り自信なさそうに答えた。

「彼も私を愛していたと思います。彼もそう言っていました。でも、本当にそうなのかと聞かれたら私には分かりません。男の人は女性に対していつもそう言うものですし、奥さんもいることですから」

彼女の言葉に頷きながら、この女性が過去の結婚生活から受けた精神的ダメージを善蔵は思い浮かべていた。善蔵は言葉を継いだ。

「ところであの晩、藤枝さんと飲んだ後、どんな予定になっていましたか?」

彼女は落ち着いた口調でしゃべりはじめた。

「いつものように私のマンションへ行く予定でした。半年くらい前から火曜の夜は私のマンションで過ごすようになっていました」

「朝までですか?」

やはり彼女は黙って頷いた。

「ところであの晩、彼がアタッシュケースを持っていたのを覚えていますか」

違った角度から彼女の反応を見ようと善蔵は試みた。

「アタッシュケース? そういえば持っていました。赤っぽい」

思い出すように彼女は答えた。

「あの中身が何だったか知っていましたか?」

「いいえ、知りません。私が聞いたら、『いい物が入っている』と言っていました」

「いい物がね……」

二本目のタバコに火をつけながら善蔵が呟いた。

「あの中に、何かいけないものでも入っていたのでしょうか?」

心配そうに彼女は尋ねた。それに対する善蔵の言葉に、彼女は跳び上がらんばかりに驚いた。

「実は、あのアタッシュケースの中には四千三百万円の現金が入っていたのです。何に使うお金かご存知でしたか？」

「えっ！」

そう言うと、暫しの間彼女は絶句した。そして答えた。

「いいえ、全然知りません。そのような大金を何に使うつもりだったのか、全く……」

「それでは、翌日どこかへ行くとか、誰かと会うとかは言ってませんでしたか？」

彼女は思い出すように小首を傾げると言った。

「いいえ、そのような事は言っていませんでした。誰とも約束はなかったはずです」

「そうですか、分かりました。もう一つ大事な事を聞かせて下さい。貴女は彼が重い病気にかかっていたという事は知っていましたか？」

一瞬、彼女は何を聞かれたのか分からないという顔をした。

「重い病気と言いますと、何の病気でしょう？」

構わず善蔵は質問を続けた。

「ちょうどあの頃、彼の様子に変わったところはありませんでしたか？」

手袋をした両手を組むと彼女はしきりに考え込んだ。

「そう言われれば、何となく口数が少ないなとは思っていました。で、どんな病気だったのでしょうか?」

「実は、肺ガンであとわずかの命だったのです」

善蔵の言葉に彼女は我が耳を疑った。

「肺ガンですって! あとわずかの……」

後は全く声にならなかった。

「ご存知なかったのですね?」

彼女は無言で頷いた。やがて、その目からは涙が溢れ出した。

「ひどいわ、そんな大事な事を言ってくれなかったなんて。やっぱり、それだけの関係だったのね」

そんな裕美子を慰めるように善蔵は言った。

「いやそうじゃなくて、きっと貴女を苦しめたくなかったんだと思いますよ」

善蔵は話の角度を変えることにした。

「あの晩、あなた方二人のテーブルの近くにいた人間は誰と誰か覚えていますか?」

やっと落ち着きを取り戻した彼女は、的確な質問を逆に返してきた。

「それは藤枝さんのグラスに何かを入れた可能性のある人間、という意味でしょうか?」

善蔵は彼女の目を見つめながら言った。

「その通りです。それは誰ですか？」

「私の記憶が正しければ、そのような時間的余裕のあった人は、あそこのママ以外にはいないと思います。何人か側に人はいましたが、不審な行動をとった人はいなかったと思います。でも、それはあくまでも私が電話かけに行く前までのことです。電話をかけに行っている間に誰かが近づいたかどうかは分かりません」

「どこへ電話をしたのですか？」

「別段用事があった訳ではないのですが、実家の母へ電話をしました」

善蔵は納得したように頷きながら質問を続けた。

「ところで、あの晩貴女はビールを飲んでいたようですが、いつもビールを飲むのですか？」

一瞬、妙なことを聞くという顔をしたが彼女は答えた。

「私、お酒はほとんど飲めないんです。ですからお相手をするときはいつもビールにしています」

取り調べは長時間に及んだ。しかし、これ以上彼女を拘束する理由は見つからなかった。彼女を取調室から解放すると善蔵は事務室のソファーに座り込んだ。

「どうもあの女がやったとは思えませんね。それにしても、藤枝は本気で彼女を愛していたんでしょうか？　それとも単なる遊びだったのでしょうか？」

黙ったままの善蔵に風間が話しかけた。

「まだ今日聞いた事の裏をとってみないと何とも言えないな。もし事実とすれば、彼女には藤枝を殺す動機がない。あくまでも印象だが嘘を言っているようには思えないね」

「やっと探し出したのに、空振りか。がっかりですね」

落胆する風間に善蔵は言った。

「そうとばかりは言えない。彼女の話は結構面白かったよ」

十五

全員の報告が進むに従って、松隈の貧乏揺すりは激しさを増した。事件発生から八ケ月を経過したというのに捜査の進展は見られなかった。

発生当初は関係者も限定された簡単な事件と思われたが、予想に反して難航した。全員の報告が終わると松隈が重い口を開いた。

「君たちの捜査報告を総括すると、藤枝を殺害するに足る動機を持っているのはママの京子のみということになる。彼女が藤枝から借金の返済を迫られて殺害に及んだということは十分あり得る話だ。それに加えて、昔は深い仲だったというのも気になる。金銭及び情愛の両方が事件に絡んでいるかも知れない」

そう言うと、また例によってずれ落ちた眼鏡を直しながら、なおも彼は言葉を継いだ。

「その一方、ママの京子が殺害する事はあり得ないことではないが、自分の店で客を殺害するというのは余りにも不自然な話だ。この事件は一部の下らないマスコミも感心を持っているので、そろそろこちらとしても態度を表明しなければならない。もう発生から半年以上たっている。マスコミに対しては自殺の可能性が大きいと発表しておく。病気を苦にした自殺というのが一番受け入れやすい結論だと考えている」

課長の松隈から発せられた思わぬ言葉に全員が色めきたった。

「課長、それはおかしいですよ。そんな簡単に結論を出して良いのですか？」

思わず非難の声を柴田が上げた。全員がそれに同調した。その声を振り切るように声を大きくして松隈は言い放った。

「それでは誰に藤枝を殺す動機があったというのだね？　現場で藤枝のグラスに近い五人についての身辺調査の結果、動機らしいものを持っていそうな人間は皆無だと君たちが報告したばかりじゃないか。その上、現場から姿を消した女にも藤枝を殺す動機の無いことがはっきりした。勘違いしないように聞いて欲しいが、私は自殺と断定しているわけではない。半年以上に渡る捜査の総括として、そう発表するのが妥当だろうと言っているんだ」

負けずに柴田も反論した。

「いくら表向きの話としても、それは乱暴過ぎます。今まで調べた中では無いというに過ぎないのです。捜査をもっと進めて行けば新事実が出てくるかも知れないじゃありませんか。麗子という女にしたところで不審な点が残っています」

さらに語気を荒げて松隈は言った。

「八ケ月間該当者を洗っても、何一つ出てこなかったのだ。あの世界の女に多少生活の乱れがあったとしても何の不思議があると言うのだ。第一、彼女は事件発生時刻にはいなかった。この先何か新事実が出てくるという確信でもあるのか、君は」

返答に窮した柴田に代わって静かに善蔵が口を開いた。

「自殺と言いますけれど、それではどうやって藤枝は青酸カリを身につけていたのですか？　容器はおろか紙片すらも見つかっていないのですよ。それにまだある。藤枝はどこから青酸カリを入手したとお考えなんですか？　簡単に手には入る代物じゃありませんよ。単にこちらの面子のために、そのような見解を世間に公表するというのは無責任ではありませんか？」

一瞬言葉に詰まったが、すぐに松隈は反論にもならぬ反論をしてきた。

「そんなものは幾らでも理屈はつく。それとも何か、和尚は他殺であると世間に公表して、この先それを立証できる自信があるとでもいうのかね？」

即座にきっぱりと善蔵は言った。

「あります。これは間違いなく他殺です。自殺の可能性はありません」

この返事に松隈の頭には血が上った。彼は両拳を握りしめると、振り絞るような声で言った。

「何を根拠に君は他殺と言うのだね？」

「自殺の根拠がないから他殺です。私の長年の経験からそう言っている」

「また、経験か？　下らない」

松隈の腹の中は見えていた。世間に自殺の可能性が濃い旨の発表をし、段階的に捜査を縮小していく。そして時のたつのを待って収束させる。もし他殺と確定させれば当然のことながら犯人を上げねばならない。上げられなければ検挙率という自分の成績に傷が付く。面倒な物には蓋をして、早めにこの署から本署へのエリートコースをかけ上りたい。そんな松隈に善蔵は一歩も引かなかった。

「とにかく、他殺の線で徹底的に捜査を続行すべきです。ここで止めるべきではありません」

善蔵の強行な態度に松隈もひるんだ。そして腹立たしそうに言い放った。

「そんなにやりたければやりなさい。ただし大の男を何人もこんな事件に投入するほど私は馬鹿じゃない。他にもやらなければならない事件が山ほどあるんだ。この先は和尚と風間君の二人だけでやってくれ。それも、他の仕事の時間が空いた時にやってくれ。分かったな？」

そう言うと松隈は善蔵を睨みつけた。そしてやおら椅子から立ち上がると「以上！」と言って席を立った。

松隈が出ていった後、係員が心配して善蔵を取り囲んだ。

「善さん、大丈夫かい？　何かあてがあるのかい？　おれも手伝おうか？」

心配そうに柴田が善蔵に話しかけた。

「心配しなさんな、やるだけやってみるさ。別に命まで取られるわけじゃない」

皆の心配をよそに、至って善蔵は落ちつき払っていた。

机に座ってのんびり煙草をくゆらせている善蔵に、いても立ってもいられない風間が話しかけた。

「善さん、これから一体どうしたら良いのですか？」

焦る風間に煙草の煙をゆっくりと吐きながら善蔵は言った。

「伝教大師の言葉に『風色は見がたしと雖《いえど》も、葉を見て方を得る。心色は見えずと雖も、而《しか》も情を見れば知り易し』とある」

「何の事ですか、それは？　伝教大師とは一体誰ですか？」

いきなり妙な事を言われて風間は当惑して善蔵を見た。

「伝教大師とは最澄の贈り名だ。つまり、『風を見ることはできないが、木の葉の動きによって、その吹く方向がわかる。それと同じで、人の心も見ることはできないが、その考え方を知れば、心の持ちようも知り易い』ということを最澄は言っているのだ」

「それが何か事件と関係があるのですか？」

風間はまだ合点が行かない。

「いいかね、この事件の真相は未だ我々には分からない。しかし、事件そのものは見えなくとも、その周りに起こっている変化に目をやれば、必ず真実が見えてくる、とこういう訳だよ。分かったかね、風間君？　事件の周りを取り巻いている事象に入念に目をやれば必ずこの事件の真相は見えてくる。私はそう確信しているよ」

分かったような分からぬような顔をしている風間に向かって善蔵が言った。

「風間君、今度の日曜日に麗子の家へ行ってみよう」

「麗子の家にですか？　何か調べる事があるんですか？　だったら、署へ来てもらえば良いじゃないですか？」

「風間君、その人間の日常生活を見れば、新しいことを発見できる可能性があるんだよ。日曜日は店が休みだ。昼時に行けば必ず会えるだろう」

十六

横浜桜木町の駅から、山下公園方向へ二人は歩いた。歩道の街路樹はすっかり芽を吹き、やわらかい春の日差しが煉瓦の歩道に降り注いでいた。麗子のマンションは大通りから少し入った閑静な住宅街の中にあった。褐色の煉瓦造りの高級マンションであった。

「随分贅沢なところに住んでますね。これは賃貸マンションですかね?」

風間が驚いて善蔵に聞いた。

「ああ」

同じ事を考えながら善蔵はそうとだけ答えた。エレベータで五階に上がった。表札には「立花悦子」と本名が記してあった。インターホンを押すが何の返答もない。今度は二度続けて押してみた。やがて「はい、どなた?」と言う麗子の声がした。

「赤坂北署の田草川ですが」

「赤坂北署? 何の用ですか?」

「この間お店に伺った田草川ですが、少々お聞きしたいことがありまして」

やがて寝ぼけ顔の麗子がドアを開けた。

「どんなご用ですか?」

「突然お伺いして申し訳ありません。藤枝さんの一件で改めてお聞きしたいことがありまして。三十分ほどお時間をいただけませんか?」

善蔵がそう言うと、彼女は渋々二人を中に招き入れた。

「散らかってるでしょう? 今起きたばかりなの。これから掃除をしようと思っていたところなのよ」

そんな言い訳をしながら台所へ行き、彼女はお茶の用意を始めた。二人は部屋の中を見回した。高級マンションの内部には似つかわしくない、ひどい散らかりようである。リビングに置かれた大きめのテーブルにコーヒーを置くと、彼女は言った。

「わざわざ来て頂かなくてもこちらから行きますのに。ところで、どんなことを聞きたいのですか?」

「二、三あります。その前に、このマンションは駐車場付きのようですが、あなたも車を持っているのですか?」

「以前は持っていましたが、もう処分しました。それより、何が聞きたくてわざわざこんなところまでいらしたのかしら?」

彼女の神経はそちらに向いているようであった。

「それでは早速協力願いましょうか」

麗子の目を下から見つめるようにして善蔵は質問を開始した。

「藤枝さんが亡くなった前の晩、あなたは何時頃に店を出ましたか?」

いきなり何を聞くのかというような顔をしながら、それでも麗子は答えようとした。

「前の晩? 前の晩は……」

そう言って、暫く彼女は言葉に詰まった。そして、ややあってから、思い出したように答えた。

「確か、お店がはねてから暫くして帰りましたよ」

コーヒーをすすりながら彼女は言った。その眼はテーブルの上に落とされていた。

「具体的に言うと何時頃のことですか?」

「だから、いつもと同じ十二時過ぎよ。それがどうかしたのですか?」

いらだつように彼女は善蔵の顔を睨みつけた。

「いや、別にどうということはありません。関係者の事件当時の前後関係を当たっているだけです。貴女はいつもその時間に帰るのですか?」

うんざりしたように彼女は答えた。

「そうよ、私が毎晩お店を閉めて帰るのよ。時間はいつも十二時過ぎだわ」

麗子の返事を聞きながら、善蔵はコーヒーに角砂糖を二つ入れてかき混ぜた。そして、おもむろにそれを口に運ぶと全く違う角度から質問をした。

「あの店に来る前は、どんな仕事をしていたのですか。良かったら聞かせてもらえませんか?」

善蔵を見つめていた彼女の視線が、再びテーブルの上へ落ちた。

「どんな仕事と言っても、この年になってスナックで働いているような女ですからね。おきまりのコースよ。水商売の世界をあちこち歩いていたわ。後はご想像にお任せします」

「なるほどね。かなり苦労したようですね」

柔らかい善蔵の言葉に麗子はすぐ乗ってきた。

「それほどでもないわ。地方から出てきて確かに苦労はしたわ。でも、東京はお金の街よね。お金さえあればこんな楽しいところはないわ。何でも片づいてしまう」

「お金の街か。確かにその通りかも知れませんね」

事件と全く関係がない方向へ話を振ったのも善蔵の計算である。次の質問はもうすでに頭の中に用意されていた。

「ところで、事件現場にいた鴨居さんと貴女がいい仲だという話を耳にしましたが、本当ですか？」

麗子の顔は見る間に耳まで赤くなった。そして激怒した。

「誰、誰がそんな事を言ったの！　雅美？　それとも知加子？　雅美でしょう？　あの子は私に金づるを取られたものだから、そんなデタラメを言ってるのよ。私は確かにあの男と店がはねた後もつき合ったりしてるわ。でもそれはあくまでビジネスよ。お金のためよ！」

そんな麗子を落ちつかせるように、静かな口調で善蔵は話した。

「分かりました。単なる噂です。別に雅美さんから聞いた訳ではありません。気にしないで下さい。そういえば、以前にもお聞きしましたが鴨居さんとママの仲はどうなんですか？」

落ちつきを取り戻した麗子は再びコーヒーを口にしながら答えた。

「鴨居はね、私たちみんなの金づるなのよ。ママも私たちもあの男をえさにしているのよ。ただそれだけのことだわ」

「他の二人とはどうなんですか？」

善蔵の問いに麗子は面白そうに答えた。

「雅美と知加子だって似たようなものよ。お金をちらつかされれば何だってするかもね。でも、私はいやよあんな男は。くれるお金は喜んでもらうけれど」

これ以上聞いたところで単なる憶測話に過ぎない。後はどうでも良いような世間話をして、善蔵と風間は麗子のマンションを後にした。

＊

元来た道を桜木町の駅まで戻る。善蔵は無言である。風間が話しかけた。

「あまり収穫が無かったですね」

「いや、もしかすると大変な収穫かも知れない」

意外な善蔵の言葉に風間は聞き返した。

「収穫と言うと、何か分かったのですか？」

その問いに答える代わりに、善蔵は風間に言った。

「風間君、明日〈イーストジェリー〉に行ってみよう」

「えっ、イーストジェリー？　イーストジェリーと言いますと？」

何のことかと風間は頭の中の回路を探った。

「もう忘れたのかね。藤枝の奥さんが勤めていたという池袋の会社だよ」

「ああ、奥さんがデザイナーをしていたという」

善蔵の言葉で風間はやっと記憶を取り戻した。しかし、なぜそんなところへ行くのかが風間には分からなかった。加えて、なぜこんな時にそれを言い出したのかはさらに理解ができなかった。まっすぐ前を見て、街路樹の下を黙々と歩く善蔵に風間は尋ねた。

「なぜ今更そんなところへ行くんですか?」

風間の問いに善蔵は逆に問い返した。

「風間君、麗子のマンションには何があったと思う?」

「何があった?」

善蔵の質問の意図するところが風間には分からなかった。

「それでは逆に聞くが、あのマンションの中で君は何に眼をやっていたね?」

「麗子の話す様子を観察していました」

当然のように風間が答えると即座に善蔵は言った。

「風間君、それではダメだ! それでは刑事は務まらないよ。いいかね、どんな時でも四方八方に眼を光らせなければ刑事としては失格だ」

何を諭されているのか合点が行かない風間に、善蔵は言葉をつなげた。

「あの部屋のテーブルの向こうにサイドボードがあったな?」

「ええありましたね、大きなガラス扉の」

記憶をたどりながら、風間が答えた。

「あの中に時計があったのを覚えているかね?」

「えー、確か、ガラスケースに入った振り子付きで金色の奴がありましたね」

「そうだ。その時計の文字盤に何と書いてあった?」

「文字盤なんか読みませんよ」

当然だと言うように答えたが、善蔵の次の言葉に風間は愕然とした。

「風間君、あの時計の文字盤には『40TH ANNIVERSARY EASTJEWELRY』と書いてあったんだよ」

「四十周年記念、イーストジェエリー!」

驚いたように風間は大声を出した。

「そうだよ、風間君。あのような記念品は、得意先か社員にしか配られない。藤枝の奥さんと麗子はどこかで繋がっている可能性が出てきたというわけさ」

十七

傍らの書庫から厚い一冊のファイルをその男は取り出した。善蔵と風間の前にそれを広げると言った。

「この子でしょう？　立花悦子」

その履歴書に貼られた写真は紛れもなく麗子のものであった。

「辞めたのはいつ頃ですか？」

「もう十年くらい前になりますね。辞めたと言うより辞めさせられたのです」

「辞めさせられた？　なぜ？」

女子社員が持ってきたお茶を勧めながら男は言葉を続けた。

「本来なら懲戒免職ですよ。会社の金を使い込んだんですから」

「使い込んだ？　どうやって？」

「経理課にいたのですが、出金伝票の数字を書き換えるという単純な手口でした。1を4にしたり、7を8にしたり。そうやって差額分を懐に入れたわけです」

「どのくらいの額ですか?」

「二年間で三百万円くらいでした。まだ若かったですし、二年間も発見できなかったこちらの管理体制にも問題があったということで依願退職の形にしました。そうですか、スナックに勤めていますか。そうでしょうね」

「その使い込んだ金はどうしました?」

「故郷から父親が慌てて出てきて、三年分割で払うという証文を書きました。もっとも、その証文を書いてくれたから依願退職にしてやったというのが正直なところですね」

「一体何に使ったのでしょう?」

「遊ぶ金にしたと言っていましたが、具体的にはしゃべりませんでした。若い女の子ですから、その気になればいくらでも使い道はあるでしょうね。普通のOLが二十万円も三十万円もするブランドバックを身につける時代ですからね。私らの感覚では到底理解できませんよ」

黙って頷くと、あたりを見回す体で善蔵は男に尋ねた。

「話は全く変わりますが、〈銀座瑞光〉の社長夫人は昔こちらの社員だったそうですね」

「そうそう、そうですよ。よくご存知で。旧姓は葛城ですが、現在は藤枝美代子さんですね」

すぐに善蔵が畳み掛けた。

「その藤枝美代子さんと立花悦子は顔馴染みですか？」

すぐに返事を期待したが、しばし男は首をひねった。

「どうですかね、見ての通りわずか二百五十人の会社ですからそういうことはあるかも知れません。ただ、美代子さんは社員といってもデザイナーですからね。他の女子社員とは待遇も違います。それに立花悦子は二階の一般フロアですが、美代子さんは最上階の個室です。年も離れていますから仲良しグループということはないでしょうね」

「それではお互いに知らない可能性もあるということですか？」

善蔵の質問に、今度は明快な回答が返ってきた。

「美代子さんが立花を知らないという可能性はあります。ただし、立花が美代子さんを知らないということはあり得ませんね。当時〈銀座瑞光〉の次期社長との結婚が決まった時、会社中が大騒ぎになりましたからね。女の子が会社で一番興味があるのは他人の結婚話ですからね。知らないはずはないですよ」

「なるほど。で、その美代子さんは当時どんな人でした？」

「とにかく素晴らしいでデザイナーでした。次から次とアイデアが沸いてくる。ああいうのを天賦の才能があるというのでしょうね。中にはプライドが高いと言ってやっかむ人もいましたが、ウチの看板でしたよ。幸せな結婚をしたと思っていたのですが、ご主人があんな事になるとはねえ。分からないものですね。新聞に自殺の可能性が高いと書いてありましたが、やはりそうなんですか？」

「ええ、まあ」

男の質問に対して善蔵は生返事をして別れた。

「単なる偶然でしょうか？」

何も言わずに善蔵が歩き続けるので、風間が水を向けた。

「わからん」

そう答えただけで、やはり善蔵は黙って歩いた。何かをしきりに考えているのが見てとれた。

やがて駅についた時、初めて善蔵は風間に言った。

「風間君、すまないがちょっと電話をしてくれないか。やはり藤枝の奥さんに会いにいくとしよう。麗子の事で何か分かるかもしれない」

*

「どうもご無沙汰しています」

そう言って明るいピンクのワンピース姿の美代子が応接間に現れた。

出された紅茶をすすりながら、善蔵が挨拶をした。

「もう家の方は落ちつきましたか？」

「ええ、何とか」

答える彼女の顔は間違いなく以前に比べて明るさを取り戻していた。

「じつは今朝、〈イーストジェリー〉に行ってきたのですよ」

一瞬、何を言われたのか分からないという顔をしたが、次の瞬間、我に返ったように彼女は聞いた。

「私がかつて勤めていた、池袋の〈イーストジェリー〉にですか？」

「そうです」

「なぜでしょう？　何か主人の事と関係があるのですか？」

不思議そうに美代子が善蔵の眼を見ながら尋ねた。

「ご主人が亡くなられたスナックの従業員の一人が、偶然奥さんと同じ〈イーストジェリー〉に勤めていたんですよ」

びっくりしたようにのけぞると美代子は善蔵に尋ねた。

「男の方ですか？　女の方ですか？　何とおっしゃる方です？」

そんな美代子の眼を正面から見つめながら善蔵は答えた。

「女性です。立花悦子というのですがね。奥さん、ご存知ないですか?」

「立花悦子さん……」

彼女は左手を頬にあてがい考え込むしぐさをしたが、やがて言った。

「覚えがありませんわ。もっとも、私は他の女子社員とあまり交流がありませんでしたから。職種も場所も違っていましたし……」

〈イーストジェリー〉の男が言った通りの答えを彼女は返してきた。

「そうですか」

ぽつりと善蔵が言うと逆に彼女の質問が来た。

「その方がどうかしたのですか?」

「いいや、別に何かをした訳ではないのです。ただ周辺調査の一貫としてやっているだけです」

安心した様子で彼女はさらに聞いた。

「で、その後主人の件はどうなっているのでしょうか? 警察はまだ殺された可能性があると考えているのでしょうか?」

善蔵は紅茶をもう一口すると答えた。

「経過の報告もせずに申し訳ありません。殺人と断定はしていません。ただ、その可能性はまだ残っていると考えています」

善蔵の言葉に、今度は両手を頬に当てながら彼女は言った。

「そうですか、初めはどちらなのかと私も気になりました。でも、今ではどちらでもいいと思えるようになりました。だって、どちらにしろ主人はもう戻って来ないのですから」

庭の梅の蕾《つぼみ》を見つめる美代子を慰めるように善蔵が言った。

「そうですね、あれからもう八ケ月になる」


「やっぱり麗子のことは知らないようですね」

藤枝の家の門を出ると風間が善蔵に話しかけた。

「うん、そのようだな」

そう答えながら門の方を振り返ると、善蔵は言葉を続けた。

「麗子についてもっと調べる必要がある。まだ何か出てくるかも知れない。ところで、その後麗子の動きはどうだ?」

「ええ、全く派手な動きはありません。むしろ以前より大人しくなっています。例の〈フィガロ〉にもあれからパッタリ来なくなっています。自家用車を手放すところを見ても、逆に生活を切りつめているみたいですね」

〈フィガロ〉とは新宿歌舞伎町のホストクラブである。サラ金に対する四百万円の返済を知り、彼女の身辺を風間が洗ってみた。麗子は藤枝の事件直前まで、月に一、二度〈フィガロ〉を訪れていた事が分かった。さらに、サラ金に対する返済と時期を同じくして、その頻度が一時的に激しくなっていた事も掴む事ができた。

しかし、不思議な事にそれもほんの二週間ほどの事で、その後は反対に全く足を踏み入れなくなっていた。

「そうか、あの金はやはり借金だったのかなあ。しかし、サラ金から借りてまでホストクラブへ通うとは思えないが……」

しきりに考え込む善蔵に風間が言った。

「きっと最後にパアッと遊んだんでしょう。その借金を今返しているとそんなところじゃないですか」

しかし、善蔵達の全く気づかないところで奇妙な事態が静かに進行していた。

十八

「麗ちゃん、この頃よく来るけど、鴨居とかいうオジンはそんなに金持ちなのかい?」

藤枝の事件が発生した一週間後、麗子は男とラブホテルのベッドの上にいた。

〈アズナブール〉に勤めだしてから、月に一、二度訪れる歌舞伎町のホストクラブ〈フィガロ〉で過ごす夜が麗子の唯一の楽しみになっていた。

全て金の代償だと頭の中で分かってはいた。しかし、どんな男にもされたことのない女としての扱いを受けた時、それは真実愛されているのと同じ快楽を麗子に与えてくれた。

「うん、まあね」

確かにまとまった金が入ったここ二週間ばかり、麗子は毎晩通い詰めていた。

店で麗子が決まって指名するのは健一であった。その店で彼は決して人気のあるホストではなかったが、自分より六歳も年下のこの男の自然な振る舞いが麗子は好きだった。

彼は、他のホストのように「可愛いね」とか「美人だね」というような見え透いたお世辞は言わなかった。

「麗子さんって綺麗な体してるね」

最初に会った時、彼はそう言ってくれた。

事実、麗子は自分の肉体には自信があった。顔がまずいのは先刻承知の上であった。鴨居を虜にしたのもその体であった。だから、健一のその言葉に決して不快感は抱かなかった。むしろ、大いに自尊心をくすぐられたのである。

「麗ちゃん、だったらもうホストクラブになんかに来るのやめなよ」

「えっ、どうして？」

意外な健一の言葉に麗子は驚いた。

「下らないよ、こんなことに大金を使うのは」

その次の健一の言葉に麗子はさらにびっくりさせられた。

「麗ちゃん、ボクと一緒に店を持たない？　こじんまりとしたスナックでいいからさ」

「えっ、お店ですって？」

ベッドの上で天井を見つめながらポッリと言う健一の言葉に麗子は驚いて聞き返した。

ちょうどこの頃、麗子の心の中にかすかな確信が芽生えようとしていた。

〝健一も本気で私を好きなんだ！〟

事実、それを窺わせるようなことがあった。最近、二人が「愛し合う」時のホテル代は健一が出すようになっていた。それは通常「ホストクラブ」というシステムの中では絶対にあり得ない事であった。

「どうしてお店を持ちたいの?」

「オレ、いつまでもこんな事やっていたくないよ。好きでもないババア相手に種馬みたいにさ。いつか抜け出そうと思って貯金してるんだ」

「いくらくらい貯まってるの?」

「やっと一千万円くらい貯まったんだ。麗ちゃんだっていつまでもホステスでジジイの相手なんかしたくないだろう?」

「あたりまえよ、私だってもう少しまともな暮らしをしたいわ」

「そうだろう? オレと二人で一緒にやろうよ」

「お店って、どのくらいのお金がいるの?」

「ピンきりだけど、三、四千万ってとこかな」

「それじゃ、まだまだね」

「うん、オレももう少し我慢してババアの相手するから、麗ちゃんも鴨居とかいうオジンからうんと巻き上げなよ。店ができたらオレがマスターをやるから、麗ちゃんはママをやればいい」

「嬉しいけど、暫くの間考えさせて」

口ではそう言いながら、心の中ではもう健一の話に乗る事を決めていた。

「小さいけど予算を考えたらまずまずだろう?」

「このくらいなら十分よ。場所が場所ですものね」

満足そうに麗子が答えた。

麗子と健一は下北沢の駅からそう遠くないビルの中にいた。ビルの一室は内装工事の真っ最中であった。

「オレ、こんなに早く夢がかなうとは思わなかったよ。麗ちゃんのおかげだよ、本当に」

麗子は話を持ちかけられた翌週に四百万円を届けた。大喜びをする健一を前に麗子は言った。

「もう半年待って頂戴。そうすれば後一千万円あのオジンからもらえる事になってるのよ。それまでは月にせいぜい二十万円くらいだけれど、何とか節約して頑張るわ」

それから半年後、約束通り麗子からの思いもかけない大金を受け取り、二人の夢は現実へ向かっていった。

健一は方々の物件を探し回り、やっと一ケ月後にここを探し当てたのである。健一はすぐに手付けを打ち二人の有り金をつぎ込んだ。

麗子は言いしれぬ幸福感の中にあった。工事中の店の中に蝶ネクタイ姿で笑っている健一が見えた。客を相手に楽しそうに微笑んでいる自分の姿が見えた。


「やっぱり贅沢過ぎるかなあ」

食器のカタログを見ながら健一が言った。

「でも、余りみっともない物は使いたくないわ」

電卓を片手に麗子が答えた。食器につぎ込む予算を大幅にオーバーしていた。

「手持ちの資金も余り残っていないし、どうしようか?」

心配そうに健一が言った。

「大丈夫よ、私に任せて。何とかするわ」

「またあのオジンから巻き上げるのかい?」

「うん、まあね」

麗子は生返事をした。

すると、急に真剣そうな目をして健一が言った
「麗ちゃん、店ができたらそのオジンと別れなよ。金さえもらえばもう用は無いんだろう?オレと一緒に暮らそうよ」

「そうね、もうあんな男に用はないわね」

最後の金は約束通り、その翌週に用立てた。

「これでもうお金の心配は要らないね、後は開店の準備だ。あと二週間でできあがるってさ。月曜日に下北沢へ行こうよ。最後のチェックをしなくちゃね」

健一の明るい表情に麗子は全ての苦労を忘れた。

「終わったんだわ、これで。やっと私も幸せになれるんだ」

健一の腕の中にあって麗子は生涯最高の幸せを感じていた。


翌週月曜日、健一から来るはずの電話は待てど暮らせど一向に来なかった。体調でも崩したのではないかとネグリジェ姿のままダイヤルを回した。

『おかけになった電話番号は現在使われておりません……』

間違えてダイヤルしたのだと思った。しかし、何度試みても同じ無表情な声が繰り返されるばかりであった。

暫くあれこれ考えたが、何が起こったのか麗子には想像する事ができなかった。

「きっと開店準備で下北沢へ行ったんだわ。とにかく行ってみなくちゃ」

急いで着替えると麗子は電車に飛び乗り開店直前の店へと向かった。


「どうしたの？　何か用かい？」

健一の姿を求めて店の中を窺う麗子に作業員が尋ねた。内装はほとんど出来上がっていた。

「今日、萩原さんはこちらへ来ていませんか？」

「萩原？　誰の事？」

「こちらのお店のオーナーの方ですが」

「オーナー？　この店はA商事という会社のものだよ。社長は春日さんだ。何かの間違いじゃないの？　その萩原とかいう人はどんな人？」

「割と背が高くて、髪をオールバックにしてる人ですが」

健一の特長を説明する麗子の声は既に震えていた。

「ああ、あの男の人のことか。何人か女の人を連れて来てたけど、あの人はA商事の社員じゃなかったの？」

開店前の〈フィガロ〉へ行った時、何が起こったのかは明白になった。まだ照明も点いていない店内で見慣れた他のホストをつかまえて麗子は聞いた。

「健一は今どこにいるの？」

麗子の真剣な眼差しすら見ることもなく彼は答えた。

「健一？　奴ならもう辞めたよ。どこにいるかなんて、そんなこと知らないね」

麗子は暫くの間、口を半開きにしたままそこに立ちつくした。

「どうしたんだい？　健一に何か用でもあったのかい？」

その声で我に返った麗子は、気が狂ったように男に詰め寄った。

「私は健一に三千万円も渡したのよ！　どうしてくれるのよ！　どこへ行ったのあいつは！」

そんな麗子に男は冷たく言い放った。

「へー、冗談だろう？　あんなつまらない男にそんな大金貢いだわけ？　運が悪かったと思って諦めるんだね。それに、どうせ麗子さんだってどこかのジジイから巻き上げたんだろ？　そのお金」


出所を明らかにできない金であったため、麗子は黙って泣き寝入りする外なかった。しかし、健一がだましたのは麗子だけではなかった。健一は同様の手口で同時に三人の女性を詐欺の罠にはめていたのであった。

実のところ、最初麗子はそのターゲットではなかった。たまたま急に金回りが良くなったのを見逃さず、健一は麗子を獲物に加えたのであった。

だが、詐欺事件として二人の被害者が健一を新宿署に告訴した。姿を消した健一の行方を追う一方、新宿署が内偵したところ、その被害総額は六千五百万円に上った。

そして、最大の被害者として麗子の名前が浮かんだ。〈フィガロ〉の従業員の証言によればその額は三千万円であった。新宿署の事情聴取に対して麗子は頑強に被害事実を否定した。

しかし、この情報はすぐに新宿署から赤坂北署へもたらされた。


「私が健一に三千万円渡したですって？　何を馬鹿なこと言ってんのよ！」

取り調べ室で問いつめる善蔵に彼女は激しく抵抗した。

「でもね〈フィガロ〉の従業員が確かに貴女から聞いたと証言しているんだよ」

ミニスカートの両足を組みながら麗子はタバコに火をつけた。

「何か勘違いしてるんじゃない？　もう何ケ月も私はあそこに行ってないのよ。第一、何で健一にお金を渡さなければならないのよ？　そんな大金をどうして私が持っているの？　三千万円もあったらホステスなんかやってないわよ！」

何度問いつめても頑として麗子は口を割ろうとはしなかった。いずれにしろこの場合、麗子はあくまでも〝被害者〟の立場である。余り強引な尋問をする訳には行かない。善蔵は別な角度から攻めることにした。

「貴女がそう言うなら良いでしょう。それでは全く別なことを聞きます。私達の調べでは昨年の八月に、貴女は一度に四百万円を越える返済をサラ金にしていますね」

「あら、そんな事までよくもお調べになったこと」

善蔵の質問に顔色を変えたものの平静を装って麗子は答えた。

「そのお金をどこから用立てたか教えてもらえませんか?」

今度は正面に向き直し、善蔵を睨みつけながら彼女は言い放った。

「刑事さん、あなた方は善良な市民の経済活動に口を出そうと言うわけなの?」

どこで覚えてきたのか、およそ似つかわしくない言葉で反撃した。そんな彼女に善蔵は探りを入れてみることにした。

「その金と、藤枝さんの一件が関係あるのじゃないでしょうね?」

突然彼女は椅子から立ち上がった。そして大声で言った。

「冗談じゃないわよ! 一体、何を根拠にそんな馬鹿なことを言っているの? 何か証拠でもあるというの? あるんなら出してみてよ!」

「まあ落ちついて座って下さい。ただ聞いてみただけのことだ。あの時、貴女は現場にいなかったのでしたっけ？」

「そうよ、私は何の関係もないわ。いなかったんだから」

善蔵の言葉に、彼女は安心したように再び椅子に腰掛けた。そんな彼女に善蔵は再び微妙な言葉を投げかけた。

「ところで、貴女はこの店に来る前から藤枝さんの奥さんを知っていましたね？」

つけまつげをした麗子の瞳が瞬いた。善蔵の言葉に瞬時に否定の返事をしていた彼女が初めて言葉を詰まらせた。どう返答したものか、迷った様子が見てとれた。しかし、決心したように彼女は短く答えた。

「ええ、少しだけね」

「君と彼女は、池袋の〈イーストジェリー〉で一緒でしたよね？」

明らかに善蔵のこの言葉は彼女を驚ろかせたようであった。顔はうつむき加減になった。

「ただ同じ会社にいたというだけですよ」

やっと、それだけを麗子は答えた。

「話をしたことくらいあるのでしょう？」

「いいえ、ありません。ただ、名前を知っているだけです。あの人はあの会社では有名でしたから。私たち平の事務員とは違って特別待遇でしたからね。個室も宛《あて》がわれて……」

心なしか、彼女の声は力を失っていた。

「最後に彼女を見たのはいつですか?」

「あの奥さんが結婚して会社を辞めた日です。その日の夕方に全社夕礼があって、退社の挨拶の後にみんなで祝福の花束を贈りました。そのときが最後です」

「と言うことは、藤枝さんが店に来た時あなたはすぐに美代子さんの旦那さんだと分かった訳ですね?」

「分かりましたよ。〈銀座瑞光〉と言えば、誰だって知ってますからね」

彼女はまたテーブルに蓮に座り直して答えた。

「で、あなたはそのことを亡くなった藤枝さんに話しましたか?」

善蔵はさらに、麗子を話の奥へ引き込もうと試みた。

「いいえ、話しませんでした。だってそんな必要はないでしょう? 言ったところでなんの得もありませんから」

「店の他の人間にもそのことを話した事はありませんか?」

「誰にも言っていないわよ! この世界では誰だって自分の過去のことは言わないのが常識よ。そのくらいの事は刑事さんだって知っているでしょう?」

何を下らない事を聞くのだという顔をしながら麗子は善蔵に突っかかった。しかし、善蔵の次の言葉に彼女は顔色を変えた。

「話さなかった理由は、単にその会社で不始末を起こして辞めたことを知られたくなかったからですか？」

どこまで自分のことを知っているのか手探りで応酬してきた彼女は、ここでやっとすべてを知られている事に気づいた。そして、気を取り直したように、茶色に染め上げた髪をなであげながら答えた。

「そんな事まで調べてるのね。そうよ、その通りだわ。人間、誰だって知られたくない事の一つや二つはあるでしょう？　特にこの世界の女にはね。そんなことでもなければ、こんな世界に入ったりはしないわよ。藤枝さんの奥さんのような幸せな人間とは違うのよ」

一気にまくし立てると、彼女はまたタバコを取り出して火をつけた。

「もう一度聞きますが、サラ金に返済したお金はどうやって工面したのですか？」

善蔵の事情聴取の最後の言葉に彼女は毅然と答えた。

「くどいわよ、刑事さん！　それは企業秘密よ。知りたかったらご自分でお調べになったら。私からは口が裂けても言えませんよ。折角の金づるを自分で失うほど馬鹿じゃありませんよ。それに、相手の人にも迷惑をかけますからね。そんな事をしたら、この世界では生きて行けなくなります。お分かりでしょう？」

そんな麗子の眼を見つめる善蔵に、彼女は言葉を繋げた。

「もう帰らせてもらって良いでしょう？　お話する事は全てお話しましたから。それとも、まだ何か他に聞きたい事があるかしら？」

取り調べ室のドアを激しく閉めて彼女が姿を消すと風間が言った。

「善さん、たいした女ですね。一度坂を転げ落ちた人間は強いですね」

「その通りだ、風間君。だからそういう人間は何をやってもおかしくないという事だ」

＊

麗子の取り調べが終わった後、善蔵は課長の松隈に呼びつけられた。

「どうだったね和尚さん、何か収穫はあったかね？」

その口振りから、「どうせ何もあるわけが無いだろう」という彼の心の内がかいま見えた。

「具体的に何かが分かった訳ではありませんが、引き続き監視をする必要がありますね。出所不明の大金が彼女の懐に流れ込んだのは間違いありません。恐らく藤枝の一件との関連だと私は思います」

善蔵がそう言うと即座に松隈は言葉を返した。

「まだそんな事を言ってるのか君は。大体、事件発生の時刻に現場にいなかった人間を追求して何になるのだ？　物理的にあり得ないだろうそんな事は」

「しかし、かつて藤枝の奥さんと同じ勤務先にいたというのは、単なる偶然とは思えません。きっと、何かありますよ」

話すに従っていつものように松隈は興奮してきた。

「そんなのは世の中には良くあることだ。単なる偶然だよ、偶然」

善蔵は一歩も引かなかった。

「それでは、出所不明の大金の件はどう思いますか？　不思議だとは思いませんか？」

「どうせどこかのスケベ親父でも捕まえたんだろう。そんな物好きはどこにでもいるよ」

「どんな物好きでも、大した美人でもない三十過ぎた女に一千万単位の金を出したりしますか。課長はそんなケースに出会った事があるのですか？」

言葉に詰まった松隈は急に大声を張り上げた。

「とにかく、もういい加減終わりにしろ！　結婚詐欺事件は新宿署に任せておけばいいんだ。いつまでもそんな下らない事件に関わっているほどこっちは暇じゃないんだ」

すかさず善蔵が反論した。

「下らないとは何ですか、下らないとは！　仮にも人が一人死んでいるんだ。納得が行くまで調べるのが我々の仕事ではないですか」

善蔵の言葉に松隈の怒りは頂点に達した。

「どうするかを決定するのは私の仕事だ。君が決める事では無い！　分かったかね、和尚。来月からは、この事件からすっぱり手を引いて他の仕事をやるんだ」

「わかりました」

こんな男を相手にしても埒が開かないと悟った善蔵は、一言そう言って引き下がった。

「全く頭にきますね。何となく事件のきっかけが掴みかけてきたところだと言うのに」

慰めるように話しかける風間に腕組みをしながら善蔵が言った。

「詐欺に会ったのを認めたがらないのは、その金が不正な金だからだろう。それはそうとして、もう一つなぜかシラをきっている事がある。事件当日の出勤時間だ。どうして早く出てきた事を素直に認めようとしないのか……」

十九

月曜日の昼食後、その日非番の善蔵は自宅マンションの居間でくつろいでいた。例によって葬式が一件入っていたが、父の芳顕と弟の善明が取り仕切っているので出番はない。

妻の幸子がお茶を入れながら話しかけた。

「あなた、お坊さんと刑事のどちらが良いですか?」

「いまさら、なぜそんなことを聞く?」

テーブルの椅子に腰掛けながら善蔵が逆に聞き返した。

「お父さんと善明さんに取り残されている貴方を見る度に、私はあなたの寂しさを感じるんですよ」

「そんな風に見えるかね?」

「ええ、私にはそんな風に見えます」

お茶をぐっと喉に流し込みながら善蔵は言った。

「私の気まぐれで、お前にも肩身の狭い想いをさせてしまったな。普通であれば、お前もあの寺の住職の妻になるはずだった」

善蔵の言葉にお茶をすすりながら幸子が答えた。

「私の事なんかどうでも良いのです。それよりあなたが選んだ道で、自分自身が苦しんでいるのではないかと気になっているだけなんです」

幸子の言葉に、その目を正面から見据えて善蔵は答えた。

「幸子、私は全く後悔などしていないよ。決して道を間違えたとは思っていない。仏を裏切ったとも思っていない。坊主仲間が色々陰口を言っているのは知っている。親父や善明には随分迷惑をかけたとすまなく思っている。しかし、これも私が持って生まれた業の成せるわざなのだ。それに逆らう事はできないのだよ。私は今の自分に十分満足だ」

善蔵の言葉を聞きながら、幸子は頷いた。

「そうですね。人はそれぞれ持って生まれた生き方がありますものね」

子供の無い二人にとって、頼るものはお互いのみであった。こうして二人でお茶を飲むのが唯一お互いの気持ちを確かめあう時間になっていた。

その時、テレビの上の電話が激しく鳴った。幸子が慌てて立ち上がり受話器をとる。そして、すぐに善蔵を呼んだ。

「あなた、柴田さんよ」

「なに、柴田。また仕事か?」

おもむろに取った受話器の向こうから、落ちついた柴田の声が響いてきた。

「善さん、今、横浜山下署から連絡があってね、例の麗子が死んだよ。自殺だそうだ。向こうの管轄だから直ぐに行く必要もないと思うが、一応連絡しておこうと思ってね」

*

水曜日の昼下がり、善蔵と風間は山下署にいた。柴田からの連絡を受けたあくる日、すぐにでも飛んで行きたかったが別件で時間がとれず叶わなかった。「管轄外の事には口を出すな」と松隈に釘を刺されたが行かずにはいられなかった。

「やあ、貴方が赤坂北署の田草川さんですか、噂はかねがね伺っていますよ」

応接の椅子を勧めながら課長の堂島が言った。随分若い課長だと善蔵は思った。その割に自分を「さん」付けで呼ぶところを見ると、物が分かった男だとも思った。

「ところで、松隈課長は元気ですか?」

「ウチの課長をよくご存知なのですか?」

「実は彼とは同期なんですよ。学校も同じです」

なるほどと善蔵は合点がいった。この課長もキャリア組だったか。同じキャリアにしてこうも違うものかと改めて堂島の顔を見た。

「ええ、お陰様で元気ですよ。それでこちらは弱っていますがね」

善蔵がそう言うと堂島は大声で笑った。

「そうでしょうね、ああいう男ですからね。根は悪い奴じゃないですから、上手く付き合ってやって下さい」

堂島の言葉を聞きながら、この男なら気持ち良く協力してくれそうだと善蔵は思った。そして用件を切り出した。

「例の女の件でお邪魔したのですが、間違いなく自殺なのですね？」

堂島は隣に同席していた男を見ながら言った。

「こちらの秋本刑事が担当していますので、秋本君から聞いて下さい。秋本君、分かる範囲で話してあげなさい」

秋本と呼ばれた中年の刑事は素気なく答えた。

「ああ、間違いありませんね。疑う余地はありません、遺書もありましたし」

「遺書が？　見せてもらえませんか」

席をはずすとやがてビニールに包まれた一枚の便せんを秋本はテーブルの上に置いた。

食い入るように二人はそれを見つめた。

もうこれで終わりにします
　　さようなら
　　　　悦子

便せんにはそう認められていた。

「彼女の字に間違いないのですか?」

善蔵の言葉に秋本は即座に答えた。

「あのマンションを借りた時の契約書類と残された彼女の手帳から筆跡を調べました。間違いなく彼女の筆跡でした」

「そうですか、それで死亡推定時刻は?」

「日曜の夜、八時十五分です」

「発見されたのは?」

「当日の夜十一時過ぎでした」

「十一時過ぎ? そんな遅くに誰が発見したのですか?」

不審に思いながら尋ねる善蔵に男は意外な言葉を発した。

「第一発見者は鴨居という男です。彼女のパトロンのようですね」

「鴨居？　鴨居何という名前ですか？『孝典』という名前じゃないですか、その男」

「そうです、『鴨居孝典』です。そちらの事件の関係者ですか？」

「ええそうです。発見した経緯を詳しく話してもらえませんか？」

善蔵の言葉に頷くと、思い出すように順を追って秋本は説明しはじめた。

「そちらでも掴んでいると思いますが、その男は同じ横浜の関内駅の近くに住んでいるのです。その晩、彼女のマンションに泊まることになっていたそうです。ところが、インターホンで呼んでも返事が無い。合い鍵を持っていたので開けようとしたら、既にかぎは開いていた。不審に思って中に入ると、リビングの明かりだけがついていて、テーブルの下に彼女が倒れていたそうです。近寄ってみると既に死んでいた。一瞬、逃げようと思ったそうですが、よく見るとテーブルの上に遺書があった。それで安心して警察に届けたそうです。まあ、こんなところですね」

「死因は？」

「青酸カリによる中毒死です」

「青酸カリ？」

「テーブルの上に、薬物が入った小瓶が置かれていました。それを自分で紅茶に入れて自殺を計ったようです」

「自殺の動機は何ですか？」

最後に会った彼女の様子から、思い当たる節がなかったので善蔵が尋ねた。

「そちらへ連絡した時に多額の詐欺にあった可能性があると聞きました。もし、事実とするとそれが原因じゃないでしょうか？　その件について新宿署から改めて情報をもらいましたが、結婚詐欺ですよね、あれは。金額的にも精神的にも相当ダメージを受けていたんじゃないでしょうか」

善蔵はおもむろに背広のポケットからタバコを取り出し火をつけた。そしてゆっくりと煙を吐き出すと秋本に言った。

「こちらの関係で以前に一度行ったことがありますが、現場を見せてもらえませんか？」

「秋本君、田草川さんを案内してやってくれないか？」

黙って聞いていた堂島が口を開いた。その声に応じて秋本は快く答えた。

「いいですよ。そちらで追っている事件の関係者でもあることだし。ご存知のように、ここからそんなに離れていませんから、良かったらこれから一緒に行きませんか？」

「それはありがたい、是非お願いします」

秋本に連れられて善蔵と風間は麗子のマンションへと向かった。

二十

「このテーブルの下の、この辺りに倒れていました。薬物の小瓶はこの辺りでしたね」

秋本が現場の様子を説明した。以前と同じく雑然とした様子の部屋であった。

「遺書はどこにありました?」

善蔵が尋ねた。

「テーブルの上にきちんと置かれ、その横にサインペンが添えられていました」

テーブルの上で位置関係を確認しながら善蔵が尋ねた。

「紅茶に入れたそうですね」

「そうです、紅茶です。椅子の正面にティーカップが置かれていました。この辺です。同じく角砂糖入れがこの辺りでした」

事細かに秋本が説明した。

「どんな紅茶ですか?」

「どんなと言いますと?」

「紅茶だけなのか、それともミルクティーとか……」

善蔵の言葉に合点がいった様子で秋本は答えた。

「レモンティーです。ティーカップの皿に、使ったレモンスライスが置いてありました」

「レモンティー? それはまた妙ですね」

善蔵が小首を傾げた。そんな善蔵を不思議そうに見つめながら秋本が問いかけた。

「何か不審な点でもありますか?」

「ええ、以前に我々がここを尋ねた時、彼女は黙ってコーヒーを出しました。『何にしますか?』とは聞かずにです。という事は、普段から彼女自身コーヒーを好んで飲んでいたと思われます。その彼女が、自殺する時に飲み慣れない紅茶、しかも、レモンティーを使うでしょうか?」

一瞬秋本は口ごもったが、やんわりと反論した。

「死のうと思っている人間の感覚は普段とは違いますからね。紅茶の方が畏まった時に使う場合が多いと思います。神聖な儀式のつもりだったとは考えられませんか? とにかく遺書もあるのですから」

大きく頷く風間とは対照的に、善蔵はなにやら考えを巡らせているようであった。

「キッチンを見せてもらいましょうか」

やがて善蔵がそういうと、秋本は二人をキッチンへ案内し再び説明を始めた。

「そこのレンジ台の上に、お湯を沸かしたと思われるケトルが置かれていました。それと、シンクの三角コーナーの中に使用済みのティーバッグが捨てられていました。別段不審と思われるような事はありませんでしたよ」

秋本の話を聞き終えると善蔵が言った。

「この辺りはもう触っても構いませんか？」

「ええ、もう終わっていますから、いっこうに構いませんよ」

キッチンに置かれた食器戸棚のガラス戸を開けると、善蔵はインスタントコーヒーの瓶を手に取った。そして、その中を覗き込んだ。それから、すぐ側に置いてあった使いかけのティーバッグが入ったブリスターパックを手にし黙ってそれを見つめた。

「どうかしましたか？」

秋本の問いには答えず、善蔵は冷蔵庫の扉をあけ、中を調べ出した。やがて冷蔵庫の野菜収納庫の中を調べていた善蔵の手が止まった。そして、おもむろに黄色い物が入った小さなビニール袋を取り出した。秋本と風間が興味深げに顔を近づけた。

「それはレモンですね」

秋本が話しかけた。

「そう」

それだけ答えると善蔵は薄い透明のビニール袋の中からカットされたレモンを取り出した。そして、その切断されたレモンを両手にとりじっと見つめた。

「どうかしましたか?」

しきりに二切れのレモンを見くらべていた善蔵は、やがてそれを秋本の目の前に差しだし、言った。

「秋本さん、このレモンをよく見くらべてください」

「えっ、これをですか?」

それを善蔵から受け取ると秋本は不思議そうに見つめた。

「何かおかしいですか? 別に何ともないようですが……」

「そのレモンの切り取られた間隔をよく見て下さい。少なくとも二枚から三枚はスライスされているように見えませんか?」

秋本は再びその二つを継いで見くらべた。

「うーん、そう言われればそんな気もしますが、もし、そうだとしても彼女の自殺とどんな関係があるんですか？」

「自殺ではなく、殺された可能性が出てくるということです」

「えっ、殺された？」

「先ほどお話したように、彼女には紅茶を飲む習慣は無かったと思われます。事実、インスタントコーヒーの瓶を覗くと、かなり頻繁に使用した形跡があります。紅茶のブリスターパックからはその形跡が感じられません。もし、頻繁にレモンティーを飲んでいたとしたら、他にレモンの買い置きがあるはずです。しかし、この通り一個しかない。秋本さんの言ったように、自殺する時だけ紅茶を飲んだと仮定しましょう。その場合に必要なのはたった一枚のスライスだけのはずです」

「と言うことは……」

「残りの一枚ないし、二枚のスライスは別な人間が使用したということです。言い換えるなら、彼女は誰かと一緒に紅茶を飲んでいたということです。その相手の好みが紅茶だったと考える方が自然ではないでしょうか」

「では、残りのスライスは……」

「一緒にいた人間が持ち帰ったと考えられないでしょうか」

善蔵の言葉に秋本の目の色が変わった。しかし、自分を落ちつかせるように秋本は言った。

「田草川さん、これから署に帰って確かめてみましょう。彼女の皿に残っていたレモンスライスがまだ保管されているはずです。一緒に来ませんか？」

問題のレモン片を携えて三人は麗子のマンションを後にした。

＊

山下署に戻ると、すぐさま秋本は課長の堂島の机にレモン片を置き説明した。堂島は、すぐ保管してあったレモンスライスを持ってくるように電話をした。何事が起こったのかと署員達が見守る中で、秋本が実物で確認を試みた。回答は簡単に得られた。

「つながらない！　確かにこのほかにスライスされている。う|ん」

秋本がうなり声をあげた。

「秋本君、彼女がいつどこでこのレモンを買ったか調べよう。部屋に残されていたレシート類を一枚残らず当たる必要がある。部屋の中の物も再点検しなくちゃならないな。同時に当夜、不審な人物を見かけなかったか全員でもう一度聞き込みをして欲しい」

じっと見守っていた堂島が即座に命令した。もっともな事であった。

それから善蔵と堂島は別室に入り、二人きりでなにやら相談を始めた。

話し合いが終わり山下署を後にする時に堂島が善蔵に言った。

「田草川さん、ありがとう。あのレモンが同じ日にスライスされたかどうかで結論は違ってくるし、遺書もあります。しかし、田草川さんの考えにも一理あると私も思います。いずれにしても、依頼された件については出来る限り努力してみますよ」

その堂島に善蔵は言った。

「署に帰り次第、関係資料はお送りしますので、よろしくお願いします」

二十一

取り調べ室で善蔵は鴨居を追求していた。

「もう一度確認します、あなたと麗子はどんな関係だったのですか?」

「見ての通りですよ。マンションの合い鍵を持っている仲、と言えば察しは着くでしょう? 世間には良くあることですからね」

前回の嘘の証言は棚に上げて、既にこの男は開き直っていた。もっともこの方が調べる側は仕事がしやすい。

「いつ頃からそういう仲になったのですか?」

「さあ、ちょうど一年半くらい前からですかね」

「彼女にどのくらい貢いでいたのですか?」

「貢ぐなんて、そんな大金をつぎ込んでなどいませんよ。あのマンションの家賃程度を月々くれてやっていた程度です」

「本当ですか？　一千万円単位の金を彼女に渡しませんでしたか？」

善蔵の言葉に男は目を剥いて答えた。

「一千万！　とんでもない。あの女にそんな値打ちはありませんよ。それに、そんな大金をくれてやるほど私は金持ちじゃない」

「他に男がいたと感じた事はありませんか？」

鴨居は首を傾げた。

「さあ、私の感じではそんな風には見えなかったね。しかし、あの手の女はどこで何をしてるか分かりませんからね。もっともそれを承知でつき合っていたんだが」

「自殺の原因に思い当たる節はありませんか？」

その線はないと確信しながらも善蔵は水を向けて見た。

「全く無いですね。全く信じられないですよ。結構強気な女でしたからね。今思って見ると、彼女なりに他人に言えない悩みがあったんでしょうね。そんな素振りは全くと言ってよいほど見せなかったけどね」

「ところで話は変わりますが、〈銀座瑞光〉の社長が死んだ時の事をもう一度思い出してもらえませんか？　あの時あなたは隣のテーブルにいた。そして、今度は自殺した麗子の第一発見者だ。偶然にしては出来過ぎた話ですね」

善蔵の言葉に鴨居は身構えた。

「あの前日の夜、あなたは『店がはねてから一人でまっすぐ帰った』と言っていましたが、それは事実ですか？」

彼の肩が微妙に揺れた。

「それに間違いありませんか？　こちらの調べでは前日の晩、あるスナックのママがあなたと麗子が二時過ぎまで飲んでいたような気がする、と言っているのですが」

がっくりと肩を落とし、小さな声で鴨居は答えた。

「ええ、一緒でした」

「なぜ嘘をついたのですか？」

「藤枝さんが死んだ事とは直接関係ないことですし、麗子との関係を他人にしゃべる必要はないと思いました」

「それでは、改めてその晩の事を話してもらいましょうか」

善蔵の低い言葉には、相手をこれ以上逃がさない迫力が込められていた。鴨居はしょうがなくポツリポツリと当夜の様子を話しはじめた。

「あの晩、私は閉店までいました。店が終わってから麗子と一緒にどこかへ行くつもりでした。麗子にそれとなく合図をすると、彼女は『片づけがあるから、近くのスナックで待っていて』と言いました」

善蔵は頷きながら聞いていた。彼の話は別のスナックのママのかすかな記憶と一致していた。〈アズナブール〉から歩いて十分ほどのところに深夜スナック〈ジラード〉という店がある。そこのママがはっきりしないけれど、と言って教えてくれたのである。風間がそれを耳にして来たのはつい最近の事であった。

「それで、私はそのスナックで彼女を待っていたんです。最初はほんの十分か十五分くらいで来るのかと思っていました。ところが、三十分、四十分たっても彼女は来ませんでした。それで、しびれを切らして〈アズナブール〉へ電話をしたんです」

「そうしたら?」

タバコの白い煙を吸い込みながら善蔵は先を急がせた。

「そうしたら、いらついた様子で『帳簿の整理をしているからもうちょっと待っていてよ』と彼女が言うのです」

「彼女はあの店の経理もやっていたのですか?」

善蔵の言葉に、彼は自信なさそうに答えた。

「さあー、どうですか。店が終われば現金とレジのジャーナルはママが持って帰りますからね。いや、詳しくは知りませんが……」

彼は余計な事を言ってしまったというような顔をしながらつけ加えた。

「でも、こんな事が彼女の自殺と何の関係があるんですか?」

「彼女の自殺には関係がありません。私は藤枝さんの死との関係を調べているのです」

「藤枝さんの死?」

一瞬鴨居は浅黒い顔を強ばらせたが、その後は平静さを装って取り調べに応じ、やがて室を出て行った。


「善さん、やっぱり麗子が手にした大金は鴨居からのものではないね」

部屋の片隅で供述内容を筆記していた柴田が話しかけた。

「うん、奴の会社を何度も調べたが、あのような大金を貢げるような余裕があるとは思えなかったよ」

椅子に座ったままで善蔵が答えた。

「どこからあんな大金を麗子は持ってきたんだろう?」

柴田が小首を傾げた。

「金の出所もそうだが、他にも麗子が隠していた事がある。今日鴨居の証言で裏がとれたが、事件前夜遅くまで〈アズナブール〉に残っていたこと。そして、事件当日いつもより早く出勤したこと。麗子はこれら全てに虚偽の証言をしていた可能性が高い。一体なぜだろう？」

「金の出所は間違いなく、それが不正なものだからだろうね。後の二つも恐らく……」

柴田の言葉を引き取って善蔵が言った。

「恐らく、何かをやっていたんだろう。他人に知られたくない何かを」

腕組みをして柴田が善蔵の言葉を繰り返した。

「恐らく、藤枝の死と関係したことだろうね。一体、あそこで何を麗子はしていたんだろう？」

＊

「やあ、善さん。何か用かね？」

鑑識課長の北浜が椅子から立ち上がって、ふらりと訪れた善蔵を迎えた。

「おはよう、北浜さん。藤枝が死んだ現場のごみ箱の内容物はまだ保管してありますか？」

善蔵の突然の申し入れに、北浜は笑顔で答えた。

「うん、まだ保管してあるよ。本来、自殺の可能性が高いとお宅の課長が発表した以上、その義務は無いんだがね。善さんがまだ諦めていないと聞いたものだから、処分しないでとっておいたのさ」

「ありがとう、北浜さん」

北浜は今日まで常に善蔵の良き理解者であった。善蔵は、入署以来何度彼に助けられたか分からない。

「何か調べることでもあるのかね？　事件直後にお宅の臼井君が見ていったけれど、別段何もなかったようだが」

「うん、なにか手がかりがないか、もう一度調べてみようと思ってね」

善蔵の言葉に北浜は大きく頷きながら言った。

「さすがに善さん、食らいつくとしつこいね。細谷君、藤枝の現場のごみ箱の内容物を善さんに見せてやってくれ」

北浜と係長の細谷が連れ添って倉庫の棚へ善蔵を案内し、一つのポリ袋を取り出した。

「これですが開けてみますか？」

細谷が開けたポリ袋の内容物を床に広げると、善蔵は注意深く調べはじめた。そんな善蔵をいぶかしげに二人は眺めた。やがて何やら青い小さな物を手に取り、善蔵はそれを見つめた。何を発見したのかと北浜と細谷が覗き込んだ。

「それは、ストローじゃありませんか」

細谷が言った。

「うん、そのとおりストローです。しかも半分に切ってある。もう一方はこちらです」

左右の手に切断されたストローを一本ずつを持つと、善蔵は二人の顔に近づけて見せた。

「当たり前のストローのようだが、なぜ半分に切ったのだろう?」

北浜が首を傾げた。

「これを良く分析してくれませんか?」

それを渡された細谷は不思議そうに善蔵に尋ねた。

「こんなもの調べてどうするんですか?」

そんな細谷に北浜が言った。

「つべこべ言わずに早く調べてやれ」

「分かりました。やります、やりますよ」

北浜に礼を言うと善蔵は鑑識課を後にした。

二十二

未だ梅雨が明け切らぬ雨空をガラス越しに見つめながら、いつもの応接間で二人は美代子を待ち受けていた。

夫の死から一年になろうとし、やっと元気を取り戻したような笑顔で彼女は姿を現した。

「お久しぶりですね」

そう、彼女の方から切り出した。

「あちこちに段ボールがありますが、どうかしたのですか?」

部屋を見回しながら善蔵が尋ねた。

「ええ、この家を人様にお貸しすることにしたのです。私一人ではこんな大きな家は必要ありませんし、不用心ですから」

「そうですか、それでどちらへ?」

「広尾の方へマンションを買い求めましたので、そちらへ移るつもりです」

「そうですか。で、いつ頃引っ越す予定ですか?」

「主人の一周忌が過ぎて落ちついたら越す予定です。今から少しずつ片づけようと思いまして
ね」

彼女は、心の踏ん切りがついたように答えた。

「そう言えばもう少しで一周忌ですね。早いものだ」

善蔵が改めて思い出すように答えた。

「ええ、早いものですね。ところで、今日は何か?」

彼女に先を急がされ善蔵は本題に入った。

「奥さん、以前お話しした立花悦子という女性が死んだのはご存知でしたか?」

「えっ、知りません。それは、いつの事ですか?」

彼女は驚いたように尋ねた。

「今月の十七日の夜に、横浜の自宅のマンションで亡くなりました。青酸カリによる中毒死でした。貴女のご主人と同じね」

「ああ、その事でしたらテレビで見ましたが、まさかその方とは思いませんでした。テレビでは確か自殺とか言っていましたが……」

「現在のところ、貴女のご主人と同じく、自殺、他殺の両面から捜査をしています。ご主人の

死との関連も可能性として考えています」

意外な話に美代子は驚きを隠さなかった。しかし、善蔵の次の言葉に美代子は自分の耳を疑った。

「ところで奥さん、今月十七日の午後八時前後は、どこで何をされていましたか?」

側で聞いていた風間ですら何を突然言い出したのかと驚いた。

しばしの間を置いて、質問の意味を理解した彼女は逆に尋ねた。

「私のアリバイをお聞きになっているのですか? なぜ……」

「いや、別に特別な意味はありません。ただ、ご主人の事と関係がありそうなので、周辺の方のその夜の状況は全て明らかにしておく必要があるのです。別に疑っているわけではありませんので、気を悪くなさらないで下さい」

善蔵が丁寧に説明すると、彼女は安心したように話しはじめた。

「そうですか、大変ですね。十七日の夜ですか。ここ暫く夜に家を開けた事はありませんから家にいたと思います」

彼女は穏やかにそう答えた。

「その晩に誰かと一緒だったという事はありませんか?」

なおも善蔵が尋ねると、彼女は困ったような顔を見せた。

「誰かと言っても、夜は私一人です。お手伝いさんももったいないので、以前の住み込みの方はお断りしました。現在の方は六時には自宅へ帰ってしまいますし……」

「誰かが訪ねてきたというような事は？」

なおも突っ込む善蔵に対して、彼女は右手を頬に当てて考え込んだ。

「十七日の晩ですよね？　いいえ、あの晩には誰も来ませんでした。確か、電話で話はしましたけれど」

「電話？　誰とですか？」

「お友達の高倉さんとです。それともう一本は確か、自動車会社の方からかかって来ました」

「申しわけありませんがその二人の方の名前と、住所、電話番号を教えていただけませんか？」

善蔵の要請に彼女は快く応じると、友人の高倉千秋の住所と電話番号を教えてくれた。それから、応接間を出ていって一枚の名刺を携えてきた。

「こちらの方はウチが自動車を購入した会社の営業の方です。何でも車の具合を聞くための定期コールだと言っていました」

「そうですか」

そうとだけ言って、善蔵は出された名刺を受け取り、風間に手渡した。藤枝家の玄関を出ると、善蔵は後ろを振り返りながら風間に言った。

「電話をかけてきた二人に会って裏を取ってくれないか。それから、念のため電話局へ寄って、転送サービスを受けていないか確認をとっておいて欲しい。私はこれからちょっと調べることがある」

＊

コンピュータデータをくまなく調べる善蔵を、心配そうな顔つきで二人の銀行員が見つめていた。銀行口座の動きを過去に遡って調べていく。出されたお茶はテーブルの上でとっくに冷めていた。

「昨年の八月に一千万円。今年の二月に二千万円。その後に間隔を置いて三百万円、二百万円と現金で出されていますが、過去から頻繁に現金で出される事が多かったのですか?」

縁なしの眼鏡をかけた初老の銀行員は首をひねりながら答えた。

「いいえ、そんな事はないと思います」

「何に使っているのでしょうか?」

その男は困った様子で答えた。

「さあ、それはウチの仕事とは全く関係ないことですから……」

「それはそうですね」

言いながら最終ページをめくった善蔵の手が静止した。そのページに視線は釘付けとなった。

何事かと帳票に男が顔を近づけると、善蔵は指で示しながら言った。

「ここを見て下さい。この日に現金で一千万円出していますね」

「ええ、確かに」

「ところが八月二日、つまり昨日、同じく一千万円を現金で入金していますね」

「そのようですね」

気の抜けたように答える男に善蔵の質問が飛んだ。

「それぞれの一千万円の紙幣ナンバーの記録はありますか？」

いきなり問いただされて驚いたような顔をしたが、男はきっぱりと答えた。

「出金した一千万円は間違いなくとってあります。しかし、入金したものが果たして封帯された紙幣か、使用済みのランダムな番号の紙幣かは調べてみないと分かりません」

「急いで調べて下さい！　今すぐに」

男は善蔵にせき立てられると応接間を出ていった。男が戻ってくる間、善蔵は何度も何度も口座の動きに眼をやった。一つ一つ確認するように頷きながら。やがて男が戻ってきた。

「出された一千万円と入金した一千万円は同じ番号です。そのまま返却したのでしょう」

これを聞いて善蔵の顔色が変わった。

「それで、その紙幣は今どこにあるのですか？」

聞かれた男は再び慌てて部屋を飛び出していった。

やがて戻ってくると言った。

「その紙幣は全て他の紙幣と一緒に、今朝、現金自動支払機に投入されました」

やおらソファーから立ち上がると、善蔵は男の胸ぐらをつかんだ。

「なに！　今朝、自動支払機に入れただと？　今すぐそれを出してくれ！　一枚残らず出すんだ！」

突然の予期しない要求に男は狼狽《うろた》えた。

「今すぐ出せといわれても、支払機を止めるわけにはいきません。銀行業務がストップしてしまいます。それに、今はもう午後二時です。その紙幣はもう全て出されているかも知れません。勘弁して下さい」

「全てを一度に止めろとは言っていない！　一台ずつ『調整中』にして紙幣を抜いていけばいいだろう。これには殺人がからんでいる。一刻を争うんだ！」

それまでとは打って変わった強硬な善蔵の態度に驚き、渋々電話を手にすると男は善蔵の言う通りに指示した。それを確認すると、すぐさま善蔵は鑑識課長の北浜に電話をした。

「北浜さん、すまないが出来るだけ多くの人間をこちらへよこしてくれ。多分徹夜をしてもさばき切れないだろうと思う」

「またか、善さん。分かったよ、出来る限りの協力はする。その前に、何が起こったのか説明してくれ」

＊

自動支払機八台から抜き出した夥しい数の紙幣が、段ボール箱に詰められて広い会議室に運ばれた。両替機から抜き出した紙幣もそれに加えられた。自動支払機から出金した紙幣が再び両替機に投入された可能性もあったからである。善蔵から連絡を受けた北浜は自ら八人の部下を引き連れてやって来た。

「やあ」

善蔵の顔を見て北浜は一言そう挨拶をした。

「突然わがままを言って申し訳ない。私なりの確信は持っているつもりだが、やってみない事には、果たして意味があることかどうかは分からない」

恐縮しながら言う善蔵に北浜が答えた。

「善さん、そんな心配は要らないよ。最初から結果が分かっていたら、鑑識などという仕事は必要がない。先ずやってみようじゃないか」

広い会議室の中央にテーブルを隙間なく固める。その上に段ボール箱に入れた紙幣を広げた。壁には該当する一千万円の紙幣ナンバーの範囲を掲示した。それを頭に入れながら抽出して行く。単純な、しかし、根気のいる作業であった。全員が黙々とその作業を続けた。該当する紙幣を全て抽出し終わった時、全員が気力の大半を費やしていた。一千枚の該当紙幣のうち、残っていた該当紙幣は六百十三枚であった。

全員に出前の寿司を食べさせながら北浜が言った。

「さあ、問題はこれからだ。気合いを入れて慎重に頼む」

すると、一人の係官が言った。

「北浜課長、指紋が付着しているとすれば、封帯された紙幣の表と裏のはずです。紙幣ナンバーは分かっているのですから、その該当紙幣だけを調べれば良いのじゃないですか？」

もっともな意見であった。しかし、善蔵は言った。

「確かに、あなたの言うとおりだ。しかし、万が一、銀行の記録に一番でもミスがあれば、我々の努力は水の泡になる。ここは辛いだろうが、後々後悔しないように六百十三枚全てを調べてもらえないだろうか」

善蔵の言葉を聞いて、北浜が言った。

「聞いたとおりだ。全数当たろうじゃないか」

気の遠くなるような作業の続きが始まった。紙幣一枚一枚にアルミ粉を塗布し、取り去り、浮き上がった指紋をゼラチン紙に転写する。それをオリジナルの指紋と慎重に照合して行く。

全てが新札だったので、付着している指紋の数はそう多くはない。しかし、金属やガラスならいざ知らず、相手は紙である。指紋の検出をするには最も難しい素材の一つなのだ。口もきかず黙々と鑑識たちは作業を続けた。しかし、何の成果も得られないまま時間だけが過ぎ、いつしか疲労の色と失望感が全員の間に深まっていった。

*

善蔵の眼に果てしなく続く白砂の地が映った。

時折吹く風が砂埃を巻き上げていた。

ここは一体どこだろう?

眼を凝らして善蔵は遠くを見つめた。

やがてその眼に、六つの並んだ赤い鳥居が飛び込んできた。

どこかで見た光景だ。

善蔵は砂埃の間からさらに様子を窺った。

白い衣を纏った女が一人。

女は鳥居の方へと歩みを進めていた。

心の中で善蔵は呟いた。

「冥土の最終判決だ！」


あの世での最終判決はこのようにして行われる。最終裁判官の泰山王《たいざんおう》は決して判決文を読み上げたりはしない。死者に対して、自ら進んでこの六つの鳥居のいずれかへ入る事を促すのみである。六つの鳥居はそれぞれ輪廻する六つの世界への入り口となっている。泰山王が判決を言い渡さずとも、死者は自らの業によって自らの来世を決めるのである。自らの意思によってその鳥居を選択したように思うが、実は自らの意思は自らの業によって支配されている。従って、全ての死者は自らの業に相応しい来世への入り口となる鳥居をくぐることになる。


女は土壇場に立っていた。

その後ろ姿に善蔵は見覚えがあった。

「麗子！」

麗子は六つの鳥居の前で立ち止まった。

そして暫く躊躇した。
やがて意を決してその中の一つへと再び歩み出した。
善蔵は息を潜めて麗子の姿を見つめた。
麗子は迷うことなくその鳥居をくぐろうとした。
その瞬間、はっきりと善蔵には見えた。
その鳥居の中で激しく燃えさかる炎が。
善蔵は思わず身を乗り出して叫んだ。
「麗子、よせ！　そこは地獄道だ！」
その叫びは声にならなかった。
その時、麗子が振り返った。
かすかにその白い顔は微笑んでいるように見えた。
今まで見せたことのない美しい麗子の顔であった。
善蔵の声をよそに彼女はその鳥居へと入っていく。
そして、燃えさかる火炎の中にその身を隠してしまった。

「善さん、善さん！」

そう叫びながら、椅子に腰掛けたままで居眠りをしていた善蔵を北浜が揺すっていた。慌てて目を覚ました善蔵に北浜が興奮気味に言った。

「善さん、出たよ、出たんだ！」

「出た？　本当ですか？」

善蔵をテーブルへ連れ行き、北浜はオリジナルとサンプルを比べて見せた。

「どうだ、完全に一致しているだろう？　完璧だ」

「うーん」

善蔵はただうなり声をあげるばかりであった。

「やったな、善さん。明日すぐに逮捕状を取ると良い」

明るく促す北浜に善蔵は言った。

「いや、まだ間接的なアリバイがある。あれを何としても崩さなければ」

時刻は既に夜中の三時を過ぎていた。

二十三

再び訪れた真夏の日差しの下で、善蔵は大きな屋敷の門前に立っていた。白い陶器の表札には、「高倉章一」とあった。あの晩、美代子と電話で話をしたという友人の家である。

風間の調べで、確かに電話をかけたという事実は分かってはいた。また、NTTの転送サービスを美代子が受けていない事も確認済みであった。しかし、善蔵はもう一度自分の眼で確かめてみたかった。

インターホーンを鳴らし、身分を告げて高倉千秋を呼び出した。ほどなく小太りで金縁の眼鏡をかけた彼女が顔を出し、玄関に招き入れられた。用件を告げると彼女は「またか」という顔をして、善蔵に言った。

「そのことなら、前に若い刑事さんに詳しく話しましたよ。間違いなくあの夜、八時過ぎに彼女に電話をしたんですから」

「何度も申し訳ありませんが、もう少し詳しくお聞きしたいのです。どんな用件で電話をされたのですか?」

「それも、以前にお話しました。グアムへ旅行する打ち合わせをするために電話をしたのです」

彼女はかなりいらだっている様子であった。そんな彼女の気持ちにはお構いなく善蔵は問い直した。

「なぜその時刻に電話をしたのですか?」

彼女は、「もういい加減にして欲しい」というように溜息をつくと言った。

「あの日の午後、彼女に誘われて二人であちこちの旅行業者を歩きました。パンフレット類は私がまとめて持ち帰ったんです。七時半過ぎに彼女から『各パンフレットに書いてあるホテルの名前を教えてよ。どんなホテルか調べてあげる。私、帰りにホテルの本を買ってきたのよ』と電話が来たの。それで私が直ぐ二階に取りにいこうとしたら、『これからお風呂に入るから、分かったら八時過ぎに電話ちょうだい』と言われたのです」

彼女の言葉に、善蔵は念を押すように言った。

「それでは、彼女に八時過ぎに電話をするように言われて、あなたは折り返し電話をしたのですね?」

「そうですよ。それがどうかしましたか?」

何の不思議があるのかという顔をしながら彼女は善蔵の顔を見つめた。そんな彼女に重ねて善蔵は尋ねた。

「その時、何か他の物音が聞こえたりはしませんでしたか？　例えば、車の通る音とか……」

むっとした顔で彼女は言った。

「刑事さん、何を変な事考えているのですか？　私の家の電話機はどこからかかって来たか分かるようになっているのよ。あの時は確かに彼女の家の番号が出ていました。他からかけたなんて事はありません！」

「いや、大変失礼しました。別にどうということはありません。それだけで十分です。どうもありがとうございました」

丁寧にお辞儀をすると、善蔵は高倉家を後にした。

＊

あの夜美代子に電話をしたもう一人の人物、武井左千夫は江東区のマンションに住んでいた。三十過ぎのモーレツ会社員という感じの男であった。玄関先で、善蔵は全く同じ質問を投げかけた。

「なぜ、あの日の七時半過ぎに、藤枝さんに電話をしたのですか？」

善蔵の問いに対して、風間の報告と同じ答えを彼は返してきた。

「藤枝さんの家の車は私が販売したものです。その車の調子を伺うために電話をしたのです」

自分の疑問を早く解きたくて、善蔵は質問をより露骨な形に変えてみた。

「いえ、そうではなくて、なぜその時刻だったのかをお聞きしたいのです」

そんなことは簡単な事だと言うような顔をして彼は説明をしはじめた。

「日曜日のそんな時間に電話をするのは不思議だと思うでしょうね。ウチの会社はユーザーフォローに力を入れています。過去に販売したお客様にはリストに従って、用事が無くても半年に一度、車の調子を聞くんです。まあ、買い換えの時に他社に取られないようにするためですね。ところが、普通の日はほとんどご主人は不在です。それで休日に自宅からやるんです。全員で手分けするんですが、これが結構大変なんですよ。藤枝さんのお宅はご主人が亡くなりましたよね。ですから平日でも良かったのですが、リストに従って事務的にやりますので、他のお客様と同じ時間帯になったわけです」

彼の言葉に頷きながら善蔵は言った。

「なるほど、それでは七時半過ぎという時刻には特別な意味は無かったわけですね？　その時刻に電話が来るということも、当然あの奥さんはご存知なかったわけですね？」

首を縦に振りながら彼は言った。

「ええ、そうです。何十軒もありましたから、たまたま藤枝さんがその時刻になったというだけです」

用件を終えた帰り際に、何気なく善蔵は刑事の常套句を発した。

「で、その時何か変わった事はありませんでしたか？」

特に何かを期待した訳ではなかった。しかし、そこから大きな収穫が得られようとは善蔵も夢想だにしなかった。

「変わったことと言っても、別にありませんでしたよ。車の調子も良いと言っていましたし……」

「そうですか」

そう善蔵が返事を返し終わらないうちに、突然彼は思い出すように言った。

「あっ、そう言えば、一つ不思議な事があるんです。ちょっと待って下さい」

そう言い残すと、玄関先に善蔵を置き去りにしたまま彼は部屋の中へ入って行った。

＊

風間が出勤すると、珍しく善蔵が先に出勤して新聞を広げていた。風間の顔を見ると、待っていたように善蔵が言った。

「風間君、出かけるぞ。一緒に来てくれ」

行き先も告げられないまま、風間は善蔵に連れられて外へ出た。

「どこへ行くのですか?」

善蔵は足早やに歩きながら答えた。

「藤枝の家だ」

「何か急いで聞きたい事があるのですか?」

「大ありだ、君にも手伝ってもらいたい事がある。詳しくは藤枝の家が近づいたら説明する」

半信半疑で風間は善蔵の後を追った。

「君はここで待っていてくれ」

藤枝の家の近くのコンビニの前まで来た時に、善蔵は足を止めると風間に言った。

「え、ここでですか?」

不思議そうに尋ねる風間に、善蔵は店先の電話を指さして言った。

「そうだ。ただし黙って待っているのではない。これからちょうど十分後にあそこの電話機で私のポケットベルを呼び出してもらいたい。いいかい、十分後だよ」

念を押す善蔵に風間は答えた。

「十分後に善さんのポケベルを呼び出せばいいのですね? でも、どうして……」

風間の問いには答えず、「いいね、頼んだよ」と言うと善蔵は藤枝の家に向かって歩いて行ってしまった。風間はただ呆然と見送るしかなかった。

＊

「いつもご苦労様ですね」

明るいブルーのワンピース姿の彼女は落ちついた声でそう言った。会う度に彼女の服装は明るさを取り戻し、それはそのまま彼女自身の心の変化を表しているようであった。

「度々お邪魔をして申し訳ありません。今日はしつこいようですがご主人と先日お話した麗子という女性の件でもう少し伺いたいと思ってやってきました」

善蔵はおもむろに話を切り出した。

「あの女性は奥さんと同じ会社に勤めていたのですが、そうすると、ご主人もその時分から彼女と知り合いだったのでしょうか？」

「さあ、どうでしょうか。私には何ともお答えのしようがありませんわ」

当惑げに彼女は答えた。

「ご主人は当時、どのくらいの頻度であなたの勤務先を訪問されていたのですか？」

「一ケ月に二、三回くらいだったと思います。あるいはもっとかも」

「訪問された時は会社のどの部門に顔を出されていたのでしょう？」

善蔵の質問はますます細部に入り込んでいった。誰と会っていたか、滞在時間はどのくらいか、夜のつき合いは誰がしていたかなど、矢継ぎ早に質問が繰り出された。彼女はその一つ一つに丁寧に、ある時は深く考え込みながら当時を振り返って答えた。そんなやりとりをしていた時、善蔵の背広のポケットから電子音がした。

「あれ、いけない。何か急用かな」

背広のポケットに手をつっこみポケットベルを取り出すと、驚いた表情の美代子の前で善蔵はスイッチを切った。再びそれをポケットにしまい込みながら善蔵は言った。

「奥さん、申し訳ありませんが電話をちょっと貸していただけませんか？」

「いいですよ、どうぞこちらです」

美代子は先にたつと、善蔵を応接間の外へと案内した。廊下の一部が窓のようなくぼみを造っており、そこに黒い電話機が置かれていた。

「すみません、拝借します」

そう言うと、善蔵は受話器を取り上げボタンを押してダイヤルした。

「あ、田草川だが。何かあったのかね？　えっ、本当か？　それではすぐ戻るから待っていてくれ。ここからだと三十分くらいで着くと思う。それじゃ」

受話器を置くと、善蔵は美代子に言った。

「奥さん、申し訳ありませんが、急いで署へ戻らなくてはなりません。また後ほど伺いますので、宜しくお願いします」

「あらまあ、大変ですね、刑事さんというお仕事は」

「いえいえ、いつも下らないことで振り回されてますよ」

藤枝の家を早々に引き上げると、善蔵は風間が待っているコンビニの前へ急いだ。

「ポケベルはうまく鳴りましたか？」

心配そうに風間が善蔵に尋ねた。

「ありがとう、万事オーケーだよ」

何が〝万事オーケー〟なのか風間にはとんと合点が行かなかった。そんな風間には構わず、先に立って善蔵は歩きはじめた。

二十四

それから暫くの間、善蔵はなにやら頻繁に横浜山下署と連絡を取り合っていた。風間はただ見守るばかりであった。

「田草川さん、電話よ」

そんなある日の夕刻、横浜山下署の堂島から一本の電話が善蔵宛にかかってきた。待ちかねたように受話器をとった善蔵は、なにやら真剣な顔つきで相槌《あいづち》を打っていたが、最後に頭を下げながら言った。

「堂島課長、ありがとう。これで充分です」

そして、受話器を置くと、善蔵は風間に言った。

「風間君、出かけるぞ。車の用意をしてくれ」

風間は何事かというような顔をして立ち上がった。

「どこへ行くのですか?」

いぶかしげに尋ねる風間の向こうで、やりとりを聞いていた課長の松隈が口を挟んだ。

「田草川君、堂島が何を言って来たんだ？　報告したまえ。おい和尚、待て！」

呼び止める松隈をそのままに、ワイシャツの上に上着をひっかけながら善蔵は風間を連れて事務所を出た。

駐車場に着くと、善蔵は風間に運転を頼んだ。車に乗り込むと風間がもう一度聞いた。

「一体どこへ行くのですか？」

シートベルトをしながら、善蔵は一言だけ答えた。

「決まってるだろ、藤枝の家だ」

*

大きな門のインターホーンを押し、車を広い邸内に滑り込ませた。車を降りると、善蔵は風間を伴って屋敷の中へ入った。

「今日は何か急なご用でしょうか？」

突然の訪問に、美代子は訝しげな表情で尋ねた。

「ええ、電話もせずに失礼しました。どうしてもお伺いしたい用件が出来ましてね」

「何でしょうか？」

美代子の質問には答えず、出された紅茶に口をつけると善蔵は言った。

「その前に、確か、ちょうど一周忌が過ぎた頃ですね」

「ええ、一週間前に一周忌の法要を済ませたところです」

ティーカップを皿に置きながら善蔵は言った。

「もしよろしかったら、お線香でも上げさせて頂きましょうか」

「それはご丁寧に、ありがとうございます。どうぞこちらへ」

美代子は二人を別室へと案内した。十五畳ほどの和室の正面の扉を開けると、立派な仏壇が現れた。蝋燭《ろうそく》に灯をともし、美代子は「どうぞ」と言って座布団を正面に置いた。

仏壇の前に正座し、線香に灯をつけ一呼吸置くと善蔵は美代子に言った。

「ちょうど私と宗派が同じです。下手なお経で申し訳ないが上げさせて頂きましょう」

やがて、腹の底から絞り出すような善蔵の声が部屋中に響きわたった。一言一句違えぬ、完璧な誦経《ずきょう》であった。最初は何事が始まったのかと驚きの表情を見せていた美代子も、やがて善蔵の剃りの入った坊主頭の訳と素性を悟ったのか、神妙な面もちで経に耳を傾けた。終わった時、「どうもありがとうございました」と言って深々と美代子は頭を下げた。

再び応接間に戻ると、冷めた紅茶に口をつけながら善蔵が言った。

「一周忌の法要を済まされたそうですが、一周忌の法要にはどんな意味があるかご存知ですか？」

おかしな事を尋ねると思いながら、美代子が答えた。

「どんな意味とおっしゃると？　故人を偲ぶためなのではありませんか？」

自分もそのように認識していたので、いぶかしげに美代子と善蔵の顔を風間は見くらべた。善蔵は続けて話しはじめた。

「確かに広い意味あいではそう思っても間違いではありません。しかし、実はもっと重要な意味があるのです。今後のために教えてあげましょう」

紅茶にもう一口つけると善蔵は美代子に聞いた。

「奥さん、人間はこの世を去った後、どうなるかご存知ですか？」

また妙な事を聞かれて、困ったように美代子が答えた。

「三途の川を渡って、閻魔様の裁きをうけるとかそんな事でしょうか？」

大きく頷きながら善蔵は続けた。

「人は死んだ後、〝食香《じきこう》〟という見えない存在になるとされています。彼が、食べられるのは香だけです。従って通夜から香を絶やしてはならないという理由はここにあります。その後、死者は七日毎に七回裁きを受けます。前世の行いについての裁きを受けるわけです。閻魔様は、実は五人目の裁判官に過ぎません。そして、七回目の裁判終了時、つまり四十九日目に次に行くべき世界が決定されるのです。『天』、『人』、『修羅』、『餓鬼』、『畜生』、『地獄』の六道のどこへ行くのかが決まる訳です。問題はこの裁判において、単に死者の前世の行いだけが判断材料になるわけではありません。実は、残された遺族がいかに亡者のために、追善供養を真剣にしたのかが問われるのです。初七日、四十九日の法要を特に盛大にやるのにはこうした意味あいがあるのです。裁判が始まる日と終了する日にあたるわけです」

初めて聞く不思議な話に、美代子は神妙な顔をして聞き入った。

「さて、四十九日に亡者が決められた六道輪廻のどこかの世界に行った後、それで裁判が全て終わる訳ではありません。仏の慈悲により、その後さらに三度の裁判の機会が与えられます。すなわち、それが百箇日と一周忌、そして三回忌です。ここでもやはり、残された者がいかに亡者のために追善供養をしたのかが問われるのです」

「まあ、そういうわけでしたの。ちっとも知りませんでした」

美代子が感心したように善蔵に言った。そんな美代子を見据えながら、善蔵はさらに話を続けた。

「ご主人の場合は、もう一周忌を終えられた。残る再審の機会は三回忌のみということになります。三回忌の裁判官は阿弥陀如来があたるとされています。この最終裁判の後は、いくら仏にすがろうと、亡者の運命が変わることはありません」

「そうなんですか」

ぽつりと呟くように答える美代子に、いきなり善蔵が謎をかけた。

「奥さん、三回忌の最後の裁判の前に、ご主人のために本当の供養をしてあげる気はありませんか？」

どのように答えたものか、口ごもっている美代子に向かって、善蔵はさらに痛烈な一撃を浴びせた。

「奥さん、一周忌の法要を終えた今でも、あなたのご主人は本来の行くべきところへ行かれていないようだ」

手にしていた紅茶のカップをテーブルの上に置くと、驚いたように美代子は言った。

「一体それはどういうことですか？」

そんな美代子の眼を正面から見据えながら善蔵は言った。

「奥さん、その訳はあなたが一番ご存知のはずだ」

「一体何をおっしゃられているのか、わたしには分かりません」

その場の雰囲気が張りつめて、側で聞いていた風間も思わず拳を握りしめた。善蔵は何を言わんとしているのだろうか？　もしかすると……風間が考えを巡らせた時、再び善蔵が言葉を継いだ。

「そうですか。それでは教えてあげましょう。妻に殺されたその男は、心からの追善供養もされる事なく、六道輪廻の行きたいところにも行けず、今でも泣いているということです」

「なんですって、妻に殺された？　私が藤枝を？　滅多なことを言わないで下さい！」

今まで、小さな声で話していた美代子の声がにわかに大きくなった。美代子と同じく、風間も善蔵の言葉に驚かされた。

「奥さん、確かにあなたは自分ではご主人に手をかけていない。しかし、あなたは立花悦子に依頼してご主人を殺させたでしょう？」

善蔵の言葉に美代子は一瞬ひるんだ。しかし、直ぐ激しく反撃してきた。

「何という事を言うのですか！　失礼じゃありませんか！　どうして私が藤枝を殺さなくてはならないのですか？　つまらないことを言わないで下さい」

善蔵は落ちつき払って答えた。

「なぜ殺さなければならなかったかを、私の口から言えというのですね？　それならばわかりやすいように説明してあげましょう」

善蔵の言葉に美代子は顔を真っ赤に染めた。

「それは遺産の問題です。あなたはご主人から自分の遺産を絶対に渡さないと告げられていたはずだ。私はご主人の顧問弁護士に会ってきました。彼の話によれば、ご主人は亡くなる直前に、他の女性に全財産を渡すためにはどのように遺言状を書けば良いのか相談に見えたそうです。弁護士は自筆遺言状の作成の仕方を教えたそうです。ところが、ご主人はそれを作成する前に亡くなってしまった。貴女は遺言状作成を阻止するため、事前に殺害を計ったのです」

「藤枝がそのような相談をしていたなんて私は知りません。たとえ知っていたとしても、殺そうなどとは思いません。第一、どうやって殺せるのですか？　あの夜の事は自殺となっているではありませんか」

やや落ちつきを取り戻すと、美代子ははっきりとした口調でそう言った。善蔵の言葉はまだ続いて行った。

「あなたは、ホステスの麗子に依頼してご主人を殺させた。あれは自殺などではない、完全な殺人事件です」

ポケットから小さなビニール袋を取り出すと善蔵は美代子に言った。

「奥さん、これをよく見て下さい。なんだか分かりますか？」

美代子は顔を近づけるとぶっきらぼうに言った。

「なんだと言われても、ただのストローじゃないですか」

「そうです、ストローです。ただし、半分にカットしてある。それが問題なのです」

「何が問題なのですか？」

「いいですか、このストローは事件現場のスナックのごみ箱から見つけたものです。半分に切断されたストローが見つかった。その片方がこれです。同じ半分ずつのストローですが、実は全く違います」

「一体、どこがどう違うのですか？　片方はただ曲がるところがついているだけではありませんか」

美代子はどうでもよいと言うような声をあげた。

「外見上の違いは、確かにそれだけです。しかし、鑑識が鑑定したところ、決定的に違うところがありました。曲がる部分がついた方は普通のストローです。ところが、もう片方は違います。内部から青酸反応が出ました」

「それがどうしたというのです？」

美代子は、相変わらずわれ関せずの姿勢を崩そうとはしなかった。

「つまり、こういう事です。半分のストローを使って何かに青酸化合物を入れようとした。ご主人を殺すためにね」

「何に入れようとしたと言うのですか？」

「死んだ立花悦子のマンションから面白いものが見つかりました」

「面白い物？　なんですかそれは？」

「錐です」

「きり？」

「そう、穴を開けるために使うあれですよ。その真新しい錐が、およそ似つかわしくない独身の女性が住むマンションから出てきた。木造の家ならともかく、マンションのどこに穴を開けようとしたと思いますか？」

「どこって、柱とか色々あるのじゃないですか？」

美代子は精いっぱいの答えをした。

「いいえ、地元の警察がいくら調べても、マンションの内部にはどこにもそのような穴を開けた痕跡はありませんでした。しかも、残されたレシートから〈アズナブール〉の近くの金物屋で買ったものであることが分かりました」

「それでは、一体何に穴を開けたのでしょう？」

善蔵は再び美代子の眼を真正面から見据えると言った。

「氷です」

「氷？」

「そうです、ウィスキーグラスに入れる氷の中の一つに穴を開けたのです。そして、その穴に二つに切断したストローの片方をさし込み、青酸カリの粉を流し込んだ。その後に、細かい氷のくずでふさぎ、冷蔵庫で再びよく凍らせた」

　善蔵の言葉に美代子は無言であった。

「この作業を、ご主人が来る火曜日の前の晩に麗子は夜遅くまでかかってやった。そして、それを冷凍庫に保管しておき、翌日、他人に触られないように早く出勤したのです。ご主人が店に来た時、アイスペールの一番奥底に麗子はこの氷をしのばせた。そして、自分は気分が悪いと言って帰ったのです。後はどうなったかご存知でしょう？　麗子が帰った一時間あまり後にその氷はご主人のグラスに入れられた。薄灯りの中なので、氷の中の白い粉末には誰も気がつかない。そして青酸カリはグラスの中で溶けた。巧《うま》い仕掛けですね。これは奥さんの考案ですか？」

「馬鹿なことを言わないで下さい。何度も言うように、私には全く関係ないことです。でも、刑事さん、そんな事をして、もし他の方のグラスに入ったらどうするのですか？」

　ささやかな反撃が来た。

「誰でもがそう思うでしょう。しかし、その恐れはないのです。あの店では決して客のボトルを飲まないルールになっているのです。客にねだる時は必ず新しいビールにすることになっているのです。あの夜、ご主人が同伴した裕美子という女性もウィスキーは飲まない事を麗子は知っていました。従って、ご主人のテーブルに置かれたアイスペールの氷は、必ずご主人のグラスに入れられるのです」

「そんな恐ろしいことが本当にあり得るのでしょうか？　どのみち、私には関係のないことですけれど」

あくまで、美代子は無関係を装った返答を繰り返した。

「まあ、良いでしょう。ところで、あなたはご主人が亡くなる直前に、銀行から現金で一千万円を引き出していますね？」

「さあ、そうだったかしら。良く覚えていませんが」

美代子の返事にはかまわず、善蔵は続けた。

「さらに、ご主人が亡くなった六ケ月後に二千万円。そしてさらにその後、三百万円、二百万円と間隔を置いて現金で引き出している。一体、これらのお金を何に使ったのですか？」

「そんな個人的な事をいちいちお話する必要はありませんわ。それが一体なんだとおっしゃりたいのですか？」

再び、彼女は興奮気味に答えた。

「答えたくなければ、私が言いましょうか？」

一呼吸置くと、善蔵は静かに言い放った。

「これらの現金はすべて立花悦子に支払われたお金です。ご主人を殺害する報酬としてね。違

います か？」

善蔵は美代子の紅潮した顔をしっかりと見据えながら言った。

「何を証拠にそのような失礼なことを言われるのですか？　あなたの言葉は、完全な名誉毀損ではありませんか」

「それでは、その先をお話ししましょうか。一ケ月余り前に、あなたは銀行から一千万円の現金を引き出し、その後同額を現金で入金している。これはなぜですか？　何に使おうとしたのですか？　ごく最近のことですよ、覚えていないはずはない」

「答えたくありません」

彼女はかろうじて一言だけ答えた。

「それもお話しましょう。あなたはその現金を麗子のマンションへ運んだ。そして彼女を殺害した」

「なんですって！　テレビで見ましたけど、あれは自殺のはずです。しかも、私はあの夜自宅におりました。自宅で受けた電話の相手をお知らせしたはずです。あなたはそれをお調べにならなかったのですか？」

「新聞報道では自殺と発表しました。けれど、他殺と判明しました。あなたは随分と手の混んだ事をしましたね。確かに遺書はありました。けれど、正確に言えばあれは遺書ではありません」

「遺書ではない？」

「そうです、遺書ではありません。『もうこれで終わりにします　さようなら　悦子』というあの文章は現場の状況からすれば、遺書のように思えます。しかし、あの文章から『さようなら』を取るとどうでしょうか？　全く違った目的のために造られた文章になるのです」

「違った目的？」

「そうです。あれは念書なのですよ」

「念書ですって？　一体何の念書だと言うのですか？」

「あれは、あなたに二度と金をせびらないという念書なのです。奥さん、あなたは何度も麗子に金を要求され、あの夜、一千万円をもって彼女のマンションへ行った。そして、あたかも遺書に思えるような文面の念書を書かせて殺害した。一度引き出した一千万円が不要になったのは渡す相手を殺害したからです。もうこの世にいなくなったからです。違いますか？」

「何を証拠にそのような作り話をするのですか？」

「奥さん、貴女が銀行に返却した一千万円を我々は全て指紋採取したのです。そしてその中から重要な指紋を検出しました。一枚のお札に付着したあなたと麗子の指紋をね。これは貴女が一度あの一千万円を彼女に手渡し、再び取り返したことを立証する重要な証拠です。違いますか？」

善蔵のこの言葉を聞くと、美代子の手は震えだした。しかし、なおも反撃を怠らなかった。

「私はあの夜、自宅にいて確かに電話を受けたと言ったはずです。確かめてもらえば分かることです」

「確かに、あの夜貴女は二人の人物と電話で話をした。しかし、この家にいて話したのではない。事件現場があった横浜で話したのです」

「何ですって？」

美代子の顔にさらなる緊張が走った。

「奥さん、あなたはアリバイを造るために、友達の高倉さんに夜八時過ぎに折り返し電話するように頼んだ。そしてその通りになった。しかし、依頼した直後、あなたの予期せぬ相手からも電話が入った。あなたはアリバイが厚くなったと内心喜んだ事でしょう。しかし、それが命とりになりましたね」

「一体何のことですか？」

事態を飲み込めない美代子は、呟くように言った。

「貴女は何時頃武井さんから電話を受けましたか？」

改めて善蔵は尋ねた。

「前にもお話した通り、八時半頃です」

思い直したように彼女は答えた。

「その時一回だけですか？」

質問の意味が飲み込めないと言うような顔をしながら、再び彼女は答えた。

「ええ、一回ですが……」

次の善蔵の言葉にますます彼女は訳が分からなくなってきた。

「奥さん、貴女はその直前にも彼から電話を受けているのですよ」

「そんな……」

小首を傾げる彼女に対し、善蔵は一枚の紙切れを取り出すとテーブルの上に置いた。

「これはカーディーラーの武井さんの自宅の通話明細です。彼はわざわざ休日を選んでお客さんに電話コールをしています。そして、その通話明細をつけて電話料金を会社に請求しているんです。ここを見て下さい。七時三十三分、通話時間六秒。そして、こちらも同じく八時三十八分、通話時間一分十三秒。通話先の電話番号は確かにどちらも貴女の家のものです。どうですか？　二度受けているでしょう？」

美代子の目は一枚の紙切れに釘付けとなった。しかし、この時点でもまだ彼女は理解する事ができなかった。

「奥さん、よーくあの晩の事を思い出してみて下さい。貴女には何が起こったか理解できるはずだ」

それでもまだ彼女は事態が飲み込めないようであった。混乱した彼女の頭に善蔵の声が響いてきた。

「奥さん、最初の六秒の電話は高倉さんの家へかかったのですよ。もう何が起こったかお分かりでしょう?」

あっという間に、美代子の顔から血の気が失せていった。

「どうやら事態が飲み込めたようですね。私は悩みましたよ。NTTの転送サービスは受けていなかった。しかしね、この前調べさせてもらいましたが、お宅の現在の電話機は非常に新しいものです。メーカーに型番を問い合わせましたが、発売してからわずか半年しかたっていないそうです。ということは、それ以前には別な電話機があったことになる」

彼女は無言で聞いていた。その眼は既に虚ろであった。

「世の中には変わった電話機があるんですね。自分でセットするだけで任意の局番に転送する機能がついた電話機があるんです。しかも、外部から電話で転送先の変更ができる機能までついているものがありました。貴女は横浜の現場で電話をし、先ず転送先を高倉さんの家へセットした。そして、携帯電話で自宅へ電話をした。その電話は高倉さんの家へ転送された。高倉さんの電話機には当然貴女の自宅の電話番号が表示される。ところが、高倉さんの折り返しの電話を受けるために、転送先を貴女の携帯電話にセットするための電話がなぜか遅れた。その一瞬の隙に、たまたま武井さんの電話が自宅に入った」

無言の彼女にはお構いなしに、善蔵は言葉を続けた。

「その後何が起こったかは簡単に想像がつくでしょう? 武井さんの電話は高倉さんの家へ転送された。奥さんは貴女から依頼があったパンフレットを取りに、二階へあがってしまった。今度は大学生の息子さんが電話口に出ました。武井さんは間違い電話をしたと思い、謝ってすぐ切ったのです。そして、会社から渡された電話番号が間違えていると判断して、後からもう一度かけることにした。ところが、他のお客さんをかけ終わった後に、改めて自分の住所録を持って来てみると、電話番号は間違えていなかった。今度は、きっと自分が間違えてダイヤルしたのだと思い、それきり彼は忘れていたのです。ところが、この通話明細を見た時、何が起こったのか彼は分からなくなったのです。無理もないことですよね?」

美代子は必死に反撃の方法を考えようとした。しかし、全く予期せぬ事態にその糸口を見いだせなかった。

「全く人騒がせな電話機があるものですね。この手の電話機は本来企業用のもので、大きくかつ高額です。近頃安価で小さく、家庭でも使えるものが出ています。調べてみると郵政省の認可を取っているのは現在五社しかありません。しかも、一般の店頭では売っていない。ごくマイナーなアマチュア無線やラジオ雑誌の通信販売のみで売られているんです。そこで、私はご主人の趣味と、この家に立てられていた、高いアンテナを思い出しました。おそらくご主人はその手の雑誌を読んでいたのではないかと思ったのです。過去の保証書控えを調べてもらうと、ありましたよ。ご主人の名前がね。二年前に、確かにこの家に発送されていました。どうです、どこか違っていますか?」

善蔵の言葉に暫く美代子は口を閉ざした。しかし、美代子は薄笑いを浮かべながら最後の抵抗を試みた。

「もしそうだとしても、それは直接私が事件に関係しているという証拠にはなりませんわ。横浜ではなく、千葉で受けたかも知れない、そうでしょう刑事さん?」

「そう、しかし、決定的な証拠が出てきてしまったのですよ」

「決定的な証拠?」

美代子が思わず身を乗り出した。

「立花悦子のマンションの鏡台の引き出しから横浜山下署が小瓶を見つけました。中は空っぽでした。しかし、検査の結果微量ながら青酸カリが検出されました」

「それがどうしたのです?」

「その小瓶に、奥さん、あなたの指紋が付着していたのです。恐らくあなたはそれを処分するように悦子に言ったはずです。しかし、彼女は捨てなかった。万が一の場合、あなたとの共犯を実証する証拠として取っておいたのでしょう。あの女もあなたに劣らずなかなかのものだったようだ。もういいでしょう？　一緒に警察まで来てもらえますね？」

善蔵のとどめの言葉に美代子は呆然と宙を見つめるだけであった。そんな美代子に善蔵は言った。

「事件の輪郭はつかめました。しかし、私には一つだけ分からない事がある。なぜ、ご主人がそこまであなたを憎むようになったのかです」

二十五

二月の雪の降る夕暮れ、表門のインターホーンが鳴った。

「葛城ですが」

美代子の母サトが、初孫の誕生を祝って故郷から出てきたのであった。産後の疲れを癒すため床にふせっていた美代子に代わり、姑の茂子が玄関へ向かった。

当然家の中へ招き入れてもらえるだろうとサトは思ったが、出迎えた茂子には一向にはその素振りがない。

間が持たなくなったサトは、おずおずと小さな風呂敷包みを差し出しながら言った。

「これは私が作ったねんねこですが、どうか使って下さい」

そんなサトを玄関のたたきから見おろしながら茂子は冷たく言った。

「葛城さん、美代子さんはもうウチの人ですよ。産着なら当家できちんと用意しますから、そのままお引きとり下さい」

サトは一瞬呆気にとられたような顔を見せたが、やがて風呂敷包みを納めると、元来た雪の降る道を帰って行った。

「お母さんはどうしました？」

尋ねる美代子に対して、姑の茂子は平然と答えた。

「帰りました」

「えっ、帰った？　なぜですか？」

「赤ちゃんの着る物を持ってきたようですが、お断りしました」

寝床から身を起こした美代子が顔色を変えて詰め寄った。

「わざわざ故郷から来てくれた私の母に何という事をなさるのですか！」

澄まし顔に茂子は言った。

「美代子さん、あなたは藤枝家の嫁なのですよ。もう、お里とは何の関係も無いのです。田舎の人はけじめが無くて困ります」

美代子はじっと唇をかみしめた。そして、雪の中を帰る母の心を思うと頬を涙が伝った。その傍らで夫の巌は無言で新聞に目をやっている。自分が姑にどんな仕打ちを受けようと、彼は決して美代子の味方になってはくれなかった。

二人の結婚は周囲に祝福された何の問題もないもののように見えた。事実、美代子自身、思いもしなかった幸福をつかんだように感じていた。しかし、結婚生活が進むにつれて相手の男の正体が見えてきた。

一流の大学を卒業した美代子から見れば、巌は一人の全く無知な男に過ぎなかった。〈銀座瑞光〉の社長とは名ばかりで、会社経営の知識など全く持ち合わせてもいなかった。店の経営は会長に退いた巌の父が専務の日小坂に指示しており、巌は昼間から店でぶらぶらしているに過ぎなかった。

そこへ持ってきて姑の茂子との確執である。巌の父が健在であったころは我慢の範囲であった。しかし、彼が他界してからは溺愛する一人息子の嫁に対するいじめが極端になり、夫婦の間でいざこざが絶えなくなってしまった。

高齢になってやっとできた子供を病気で亡くした頃を境に、急速に二人の間の距離は遠くなってしまった。その距離は姑の茂子が死んだ後も狭まることはなかった。

美代子は公然と巌の知的レベルの低さを非難するようになっていった。反面、巌も最初はインテリの妻を持った事に誇りを感じていたが、かえってそれが胡散臭く感じられるようになっていった。

金と暇がある男が他の女性を見つけるのにそれほど時間はかからない。次第に、たびたび家を開ける事が多くなっていった。そんな時、ある出来事が起こった。

＊

秋の夕暮れ、そろそろ閉店にしようと思った頃、五十過ぎの女性が〈銀座瑞光〉を訪れた。ブランドもののバッグとともに一冊の本を小脇に抱えていた。その女性の顔を見ると、すぐさま日小坂は椅子から立ち上がった。

「これは、これは亀岡様。ようこそいらっしゃいました」

昔からの上得意で、手広く会社を経営している社長夫人であった。

「お久しぶりです。今日はまた何かお探しですか？」

日小坂が問いかけると、ちょっと申し訳なさそうに彼女は言った。

「日小坂さん、これをちょっと見ていただけませんか。私の勘違いかもしれませんが」

そう言いながら彼女はショーケースを挟んで日小坂に持ってきた本を取り出すと、それをめくり始めた。訝しげに見つめる日小坂の前で、彼女はあるページを開いた。そして、バッグの中から宝石箱を取り出し、一つのブローチをその本の上に乗せた。

「このブローチとこの本の写真、そっくりだと思いませんか？」

日小坂は、眼鏡を額の上に押し上げると顔を近づけて見くらべた。無言の日小坂に彼女はなおも言葉を続けた。

「この本は私の娘が神田の古本屋で買ってきたものです。何でも、昔のイタリアの有名なデザイナー達の作品を集めたものだそうです。それを見ていた娘が、ママのとそっくりなのがあると言うのです。確かにそっくりと言うか、うりふたつじゃありませんか。このブローチはお宅のオリジナルと伺っていましたが、何かの間違いでしょうか？」

決して非難するような口振りではない、まじめに疑問に答えて欲しいという態度であった。

しかし、すぐに日小坂は事の重大性に気がついた。他の著名なデザイナーの作品を模倣した物であるという事は明白であった。そして、その作品が美代子の手によるものであったことも。

「奥さん、ここでは何ですので、どうぞこちらへ」

他の客の目を恐れた日小坂は、あわてて二階の応接間へ彼女を連れ込んだ。

*

入社して以来、個性的な着想と独創的な色使いによって、美代子は社内のデザイナーたちのトップグループを走って行った。他の人間が長いキャリアの末にやっとたどり着く立場に、彼女は美術大学を卒業してわずか数年で登り詰めてしまった。

自分が不思議に思うほど後から後からアイデアが沸いてきた。それを紙に落とし、商品にする作業が追いつかないほどであった。

当然、注文は殺到し深夜まで仕事が続くことも希《まれ》ではなかった。そして、とうとう〈銀座瑞光〉のショーウィンドーに陳列されるまでになったのである。だれもが彼女をうらやんだし、彼女自身、自分の才能に疑いを持たなかった。しかし、ある頃を境に変化が起き始めた。あれほど泉のように湧き出ていた独創的な発想が、次第に途絶えはじめた。

本来、この世界は努力の世界ではない。才能が全ての世界である。その才能が死ぬまで続いた人間を人は天才と呼ぶ。

しかし、それは極めて希なケースである。ミューズに一生見守られる人間はそう多くはない。気まぐれなミューズはたいていの場合途中でふっといなくなってしまう。美代子もそんな運命の女であった。今までたった一、二時間で湧いてきたアイデアが、一週間、十日かけても、その片鱗さえ浮かんできはしなかった。

深夜、ビルの最上階の一室だけに灯りがともっていた。個室で一人美代子は真っ白な紙を前にしていた。ノギスでメインストーンを測り、それを正確に紙に落とす。ここまでは熟練した者なら誰でもできる単純な作業に過ぎない。

原則として実寸で描くジェリーデザインは、才能とともに気の遠くなるような根気のいる仕事である。メインストーンの周りわずか数センチの空間に、自分のイメージを精密に展開しなくてはならない。中央の石を書き入れた後、美代子の手は止まった。

今まで小さな空間と思えたメインストーンの周りが、とてつもなく広大なものに感じられた。美代子はそのままじっと目を閉じ、イメージが浮かんでくるのを待った。しかし、この夜も目を閉じた暗闇の中に、全くアイデアは浮かんでこなかった。

美代子は大きく息をすると、密かに持ち込んでいたワインを書棚から取り出した。グラスにそれを注ぐと乾いた喉に流し込んだ。もう締め切りは近い。何としても作品を作らなくてはならない。焦る心が更にワインをグラスに注ぎ込ませた。そして、部屋の中を歩き回っていた時、ふっと書棚に眼が行った。三十年も前のイタリアのジェリーコレクション集がそこにあった。無意識に手が伸び、ページを繰っていた。

今度は美の女神に代わって、邪悪な悪魔が彼女の耳元で甘くそっと囁《ささや》きかけた。

「こんな昔の洋書を見ている人間などいるものか。わかりっこない」

事実、それは一般の書店では入手できない専門書であった。ましてや、これだけ古くなったものを所有している人間は希であると思われた。

美代子の手は自然と本のページにトレーシングペーパーを重ねていた。鋭く削られた鉛筆の先端が輪郭をなぞって行く。何となく体の中から苦しみが抜けて行くような気がした。一度その気楽さを覚えてしまった彼女は無数の模造品を世に送り出してしまった。そんな彼女を人は才女と呼び、世間知らずの巌もすっかり魅せられてしまった。

＊

酔って帰宅すると直ぐに、巌は美代子をテーブルにつかせて、例の本とブローチを放り出した。

「美代子、これは一体どういう事なんだ?」

この瞬間、とうとう来るべきものが来てしまったと美代子は思った。巌との結婚が決まった時から暫くの間、この事はずっと自分の頭を離れなかった。プロポーズを受けた時も、それを考えると恐ろしかった。しかし、必ずしも経済的に恵まれなかった境遇から〈銀座瑞光〉の社長夫人にまで上りつめるという幸せの前に、彼女は全てを忘れようとした。

無言の彼女へ巌の追求は続いた。

「それは、今日ウチのお得意さんが持ち込んだものだ。何とか穏便に売値で買い取る事で了解してもらったが、店の信用はがた落ちだ。え、一体どうしてくれるんだ?」

無言でテーブルの上を見つめたままの彼女の態度に巌の感情は爆発していった。

「何とか言ったらどうなんだ。お前は何時からこんなものをウチの店に納めていたんだ?　一体幾つくらい造ったんだ?　何の恨みがあってこんな事をした?」

黙っていた美代子がやっと重い口を開いた。

「会社を辞める一年くらい前からです。二十個くらい造ったと思います」

「何、二十個だと。それをみんなウチの店に納めたのか?」

「当時の私がほとんどあなたの店専属に仕事をしていたのは知っているでしょう?」

悪びれる様子もない美代子に厳の怒りは頂点に達した。

「このインチキ女! 自分がした事がどんな事なのか分かっているのか? 下手をすると店がつぶれてしまうんだぞ。一流大学を出たなんてインテリ面をしやがって。やっている事は泥棒猫と同じじゃないか。よくその顔で俺と結婚などできたな」

うつむいていた顔を上げるとキッと美代子が厳を睨みつけた。

「インチキ女ですって? それではあなたはどうなんですか? 社長とは名ばかりで、世間の事も知らないくせに。格式のある家と自慢するけど、中身は何も無い。私が造った模造品と同じじゃありませんか。第一、あなたのような世間知らずにデザイナーの苦しみなど分かってたまるもんですか!」

「何だと、苦しめば偽物を造っても良いと言うのか!」

厳の手がいきなり美代子の頬に飛んできた。美代子の口唇が切れて鮮血がカーペットに飛び散った。お互い口で罵り合った事は幾度もあるが、暴力沙汰になったのはこの夜が初めてであった。

*

〈銀座瑞光〉の応接間のテーブルを挟んで、巌と日小坂が額をつき合わせていた。巌にはどうしたら良いか全く分からなかった。ただ感情を露にすることしかできなかった。

「とんでもない女に捕まってしまったもんだ。直ぐに離婚してやろうと思っている」

握りしめた拳は怒りに震えていた。日小坂は努めて冷静さを装おうとしているようであった。

「いつから、何個くらい納めたのでしょう?」

「結婚する一年くらい前から、二十個くらいと言っている。全くふざけた女だ。明日にも家を追い出してやろうと思っている」

「一年間で、二十個ね。そうですか……」

顎をなでながら日小坂が言葉を続けた。

「それでは社長、美代子さんをそのままそっとしておいた方がいい」

「馬鹿な! あんな女はすぐに追い出してやる」

憤懣《ふんまん》やる方ないと言った様子で、はき捨てるように巌が言った。そんな巌をなだめるように日小坂が諭した。

「今、美代子さんを追い出したらどうなると思います？　もし、逆上してこの事を誰かにしゃべられでもしたら大変な事になりますよ。それこそ、この店の信用はがた落ち、社長自身の信用にも傷がつきます。なにしろ、社長の奥さんなんですからね。世間の笑い者になってしまいますよ」

振り上げた拳の行き場所を失って巌はがっくりと肩を落とした。

「このままでいるしか無いと……」

眼を閉じ、両手で顔をおおいながら巌が言った。

「そうです、もう暫く様子をみる事です。幸いに昨日のお客は買い戻す事で納得してもらいました。まさかそんなたくさんの模造品を〈銀座瑞光〉が販売したとは思っていないでしょう。ほとぼりが冷めるまで待つことです。今はその手しかありません。良いですか、決して美代子さんを追い出したりしてはいけませんよ」

二十六

夜中の十二時を少し回っていた。案の上、夫は帰宅しない。あれ以来、火曜日の夜は決まってと言って良いほど家に帰ってこなくなった。

そろそろ寝ようかと思っているところへ電話のベルが鳴った。こんな夜中に誰だろう、と思いながら取った受話器の向こうで若い女の声がした。

「藤枝さんのお宅ですか?」

「ええ、そうですが」

全く聞き覚えのない声であった。しかし、その声は妙に馴れ馴れしく話しかけてきた。

「奥さんの美代子さんはいらっしゃいますか?」

「私ですが……」

言った途端に声の主はまるで友達に話しかける口調になった。

「あら、美代子さん? 私、立花です。多分、覚えていないわよね。昔、池袋のイーストジェリーで一緒だった立花悦子です」

美代子の頭の中で記憶の回路が急回転した。退職した後に、昔の仲間から聞いた立花悦子の〝事件〟を思い出すのにさして時間はかからなかった。美代子自身、在職中は一度も彼女と言葉を交わした事はなかった。もし、彼女の使い込み事件の事を耳にしなかったなら、その名前を思い出す事は永久になかっただろう。

「ああ、あの立花悦子さんですね?」

「思い出したようね。もう私の事はご存知よね? あなたは幸せいっぱいで退職したけれど、私はご存知の通りみっともない形で会社を追われたわ。まあ、自業自得ですけどね」

美代子は何の返事もする事ができず、黙って彼女の声を聞いていた。一体何の用事でこのような夜中に電話をしてきたのかと思いながら……。

「ところでね、美代子さん、面白い事を教えてあげるわ。今夜、あなたのご主人は家に帰らないわよ、多分」

「えっ、どういう事ですか?」

いきなり思いがけない事を言われて美代子は電話口でたじろいだ。

「私、スナックのホステスをやっているのよ。あなたのご主人はウチの常連なの。〈銀座瑞光〉社長の名刺をもらった時、直ぐにあなたのご主人だと分かったわ。大分前からご主人が女性を連れてくるようになったのよ。知らない仲じゃないから、あなたに教えてあげようと思っていたの。女の眼から見て単なる女友達には思えなくてね。あら、私とご主人は別に何ともないのよ、勘違いしないでね。ふふふ」

会社の金を着服し、その後に転落の人生を歩んだ立花悦子にとって、美代子は羨ましくとも、自分にはとうてい手が届かない存在であった。そんな美代子に亭主の浮気の現場の様子を話す事によって、立花悦子はある種の優越感と快感を同時に感じようとしたのだった。

「どんな女性か教えてあげましょうか?」

「ええ」

悦子は得意げに巌が同伴した女性の特徴をしゃべりまくる。そして終わりにこうつけ加えた。

「私、側で聞いてしまったのよ。ご主人がね、『今夜は君のところに泊まろうかな』って言っていたわ。ご主人、まだ帰っていないでしょう?」

「ええ」

「ほらね、やっぱりそうだったわ。男なんて皆そうなんだから。油断も隙もあったもんじゃないわ。美代子さん、気をつけた方がいいわよ。ある日突然別れようなんて言い出すかもしれないわ。また何かあったら電話するわね」

頼みもしないのに、一方的にそう言って悦子は電話を切った。実のところ、美代子自身もいつ巌から離婚の話を切り出されるかとそればかり考えていた。従って、その日を最初に悦子から度々してくる電話を次第に真剣に聞くようになって行った。そして、悦子は本来の目的を求め出した。ある夜の電話で悦子は言った。

「今度、一度会いませんか?」

誘いに応じて向かい合った喫茶店のテーブルで、ひとしきり巌と相手の女性の様子を身振り手振りで話した後に、悦子は言った。

「ねえ美代子さん、少しお金を貸してもらえません? 十万円くらいで良いのよ」

貸してくれと言っても、それは「下さい」と同義語であることは、心の中で美代子自身認識していた。もちろん、悦子も最初からそのつもりであった。バッグから財布を取り出し札を数えて手渡すと、悦子は当然だと言う顔をしてそれを受け取った。

「すまないわね、ありがとう」

その一言は、単にその場を取り繕うためのものであることは明らかであった。

その日を境に悦子の無心は続き、いつしかその「借金」の額は百万円を越えるまでに膨らんでいった。

＊

病院からの突然の電話によって巌の病を聞かされた時、美代子は思いもかけぬ幸せが訪れたと心が踊る思いであった。二人の間はとうに修復不可能なところへ来てしまっていたし、後はいつどんな形で別れるかだけが関心事であった。巌が死んでしまえば全てがうまく片づいてしまう、と美代子は思った。

しかし、巌の強い希望により、医者が癌宣告を行った直後に美代子のシナリオはあっけなく崩れ去った。

宣告を受けた夜、巌は心の安定を崩し体を震わせながら美代子に言い放った。

「美代子、お前は俺がこんな事になってさぞかし嬉しいだろうな」

「嬉しいだなんて、そんな……」

「嘘をつくな！　俺にはちゃんと分かっているんだ。俺が死ねば、この家も財産も皆お前のものだ。うまくいったと思っているんだろう。だがな、俺はびた一文お前には渡さないからな。お前も当然気がついていると思うが、俺には他に大切な人がいる。その女性に全財産を渡すように遺言状をつくって逝くからそう思え。お前には一銭も渡らないというわけだ。残念だったな」

「それで気が済むならそうして下さい。私は財産など要りませんから」

口ではそう言いながら、美代子は内心穏やかではなかった。見事に目論見がはずれたのである。美代子は、薄笑いを浮かべる巌を見つめながら考えを巡らせた。

翌日の朝九時過ぎに、美代子の指は自宅の電話機をダイヤルしていた。電話の先は立花悦子のマンションである。以前から彼女の電話番号は聞かされていたが、こちらからするのはこの日が初めてであった。

「あら、美代子さん？　珍しいわね、あなたから電話をくれるなんて。何かご用かしら？」

百万円を越える金を〝借りて〟いながら、この女は全く悪びれたところを見せなかった。美代子は意を決して、話があるから会いたいと申し出た。

「何の話か知らないけど、借りたお金の返済の事ならダメよ。私今、金欠病なんだから」

「そんな話じゃないのよ。今日二時頃はどうかしら？」

「何の話か知らないけど、それならいいわよ」

麗子の返事を聞いて美代子はほっと胸をなで下ろした。そして、高輪のホテルを電話で予約した。全ての段取りが終わった時、不思議な事に心が平静になって行くのを感じた。

＊

ホテルのロビーで落ち合った時、麗子はてっきりその中にある喫茶店で話すものと思っていた。しかし、彼女を連れて予約してあったルームに案内する美代子の後を歩く間に、これはかなり特別な話であると予感した。それでも麗子は、そのような素振りをなるべく見せずに努めて平静さを装った。

「冷蔵庫に飲み物があるわ、何にします？」

部屋に入り、二人きりになると美代子が言った。あれから何度か顔を会わせたが、美代子が会話の主導権を取るのは初めてであった。

「そうね、ビールでももらおうかしら」

「それじゃ、私も付き合うわ」

美代子の態度が今までと全く違うと麗子は感じていた。従来のような彼女特有の受け身の姿勢はそこには無かった。何かをしようとする人間の意志がその言葉の端はしから感じられた。

「悦子さんは当時誰と仲良しだったかしら？」

ビールに口をつけても美代子はまだ用件を切り出そうとはしなかった。

「ところで、今日はどんな話があるの？」

しびれを切らした麗子が探りを入れた。

「悦子さん、あなたは私が渡したお金を何に使っているの？」

逆に思わぬ事を聞かれ、麗子は一瞬たじろいだが直ぐにすまして答えた。

「お金の使い道なんていくらでもあるわ。スナックのホステスなんてたいして稼ぎにもならないのよ」

「そうなの、もっとお金が欲しい？」

「それはそうよ。いくらあっても邪魔になるものでもないしね。もっと良いドレスや、ブランドバッグ、外車やマンション、欲しい物はまだまだあるわ」

麗子の返事に美代子の眼がきらりと光った。用件を切り出すのは今を置いて他にはない。

「悦子さん、私の仕事を引き受けてくれないかしら。お礼はそれなりにするわ」

「仕事って、どんな仕事？」

一瞬の間を取って、はっきりとした口調で美代子は答えた。

「藤枝を殺してほしいのよ」

「えっ、藤枝さんを？　私にあなたのご主人を殺せと言うの？　本気？」

「本気よ、それなりのお金は出すわ」

「一体いくらくれると言うの？」

「二千万円でどうかしら？　不足？」

黙って美代子を見つめ直し、やがて大きな声で麗子は笑い出した。麗子はこの時、いまだかつてない優越感を感じていた。学歴も、財産も、技術も持たず世の中の底辺でうごめいている自分に、全ての点で自分に勝っている美代子が頭を下げている。しかも自分がかつて犯した罪をはるかに上回る悪事を頼むために。

「美代子さん、あなたも相当な悪ね。自分の亭主を殺そうなんて。何があったか知らないけどそれはできないわ。確かに私は会社の金を使い込んだわ。でも、人を殺すとなると話は別よ。そんな恐い話には乗れないわ」

麗子の言葉に美代子は静かに答えた。

「悦子さん、これは殺人ではないのよ。ただ早めに死んでもらうだけなのよ」

「えっ、それはどういうことなの?」

美代子の言葉を理解できない麗子はちょっと眉を寄せて聞いた。

「藤枝はね癌なのよ。肺ガンでもう一年の命だと医者から宣告されているの。どうせ直ぐ死ぬ運命の男を少し早めに行かせてやるだけなのよ」

「えっ、癌ですって。でも、それならなぜわざわざ殺す必要があるの?」

「その訳は言えないわ。ある事情があってそうせざるを得なくなったのです」

理屈にもならない理屈ではあったが、金の亡者と化した麗子には数学の定理以上に正しい理屈に感じられた。暫くの沈黙の後、麗子が言った。

「分かったわ、よほどの事情があるんでしょうね。死ぬと分かった人間を少し早く行かせるだけですものね、協力してあげる。ただし、二千万円では割に合わないわ。一番危険なことをするんだから三千万円ちょうだい。それでどうかしら？」

さすがに悪の前歴のある麗子であった。決心を固めた後はしたたかであった。

「分かりました、貴女の希望通り三千万円出しましょう。ただし、条件があるわ。一千万円は明日ここで渡します。残り二千万円は成功してからちょうど六ケ月後にしてちょうだい」

「なぜ？」

不満そうに麗子は聞いた。

「計画を実行して暫くの間は警察の目も厳しいでしょう？　一度に多額の現金を動かせば必ず怪しまれるわ。だから、この条件だけは飲んで欲しいの」

薄笑いを浮かべながら麗子は言った。

「随分慎重なのね、貴女って。分かったわ、どのみち六ケ月間の定期預金にしてあると思えば同じことですからね」

「こう言うことは幾ら慎重でも、慎重過ぎるという事はないわ」

そう言うと美代子はハンドバッグからガラスの小瓶を取り出し、テーブルの上に置いた。

「青酸カリよ。これを使うと良いわ。どこか人目のつかないところへ連れ出して、飲み物の中にでも入れれば、楽に目的を達成できるわ。お持ちなさい」

麗子はその小瓶をつまみ上げると、電気スタンドにかざしながら言った。

「へー、これが青酸カリ。美代子さん、あなたは本当に恐い人ね。私なんかとてもかなわないわ。こんなものどこで手にいれたの？」

「前の会社から辞める時持って来たのよ。彫金のサンプルをつくる時のメッキに使用するのよ。私には自由に入手できたわ」

美代子の言葉を聞きながら、麗子は既に頭の中でこの危険な薬物の使用方法を考えはじめていた。悪事に関しては人並みはずれた知恵を発揮する人間がまいるものである。麗子もその一人であった。彼女の悪知恵はあらゆる可能性を求めて走り出した。

「連れ出して殺すなんて、直ぐ分かってしまう。何か良い方法はないだろうか？」

驚いた事に、この悪女は考えはじめてわずか二時間後に思いもよらぬ旨い方法があることに気がついた。

＊

その夜遅く、店がはねた後にたった一人で、麗子は〈アズナブール〉のカウンターの中にいた。ストローを半分に切り、カウンターの上に置いた。アイスボックスから後で見分けがつくように特徴のある適当な大きさの氷を選ぶと、近くの金物店で購入した錐で穴を開けた。二つ折りにした紙の上に乗せられた青酸カリの粉末を、氷の穴に差し込んだストローを通して、少しずつそそぎ込んだ。

やってみると思った以上に時間と根気のいる仕事であった。氷の穴を細かい氷のくずでふさぎ、冷凍庫のドアをしめた時、既に時刻は夜中の一時を回っていた。その時電話のベルが鳴った。近くのスナックで待たせてあった鴨居からであった。

「帳簿の整理をしてるのよ。もうすぐ終わるから待っていてよ」

そう言いながらも、彼女はビールの栓を開けるとグラスにそそぎ込んだ。それを喉に流し込むと、タバコに火をつけ深く吸い込んで勢いよく吐き出した。その眼はじっと、造り終わった毒入り氷の入った冷凍庫を見つめていた。

「これでいいわ。明日彼はきっと来る。この氷は彼のグラス以外には入らない。この店の人間はビール以外飲まないのだから。絶対失敗するはずがない」


翌日、普段より一時間も早く出勤した麗子にはまだやるべき事が残っていた。前の晩に冷凍庫に入れた氷を他人に見られてはならなかった。出勤した麗子は真っ先にそれを冷凍庫から取り出した。前夜、他の氷とすぐ見分けがつくような変わった形の氷を選びはした。

しかし、それをアイスボックスに入れる時、麗子はさらに工夫を加えねばならなかった。アイスピックで十文字の傷をその氷に刻み込んだ。そして、他の氷を押しのけアイスボックスの一番奥へと入れ込んだ。全ての準備が終わった時、何食わぬ顔で麗子は藤枝が来るのを待ち受けた。

八時を回った頃、藤枝が店にやってきた。一人の女性を同伴して。その女性がウィスキーを飲まない事を知っていたので、麗子はほっと胸をなで下ろした。

「あら、藤枝さんいらっしゃい」

明るく挨拶をすると、麗子は早速仕事にとりかかった。トレイの上に藤枝のボトルとグラス、それとピッチャーを置いた。アイスボックスを開け、印をつけておいた氷を捜した。それは計画通り簡単に見つかった。アイスペールの一番下にその氷を入れると、他の氷でその上を埋め、それをトレイに乗せた。

「知加ちゃん、お願いね」

それをカウンターの上に置き、麗子がそう声をかけると、知加子はそれをそのまま藤枝のテーブルへと運んだ。麗子の眼はじっとその様子を見つめていた。

「彼女は何にします?」

「裕美子さんはビールだよね?」

「ええ」

それを聞いていた麗子は腹の中でほくそ笑んだ。万事計画通りである。暫くして、彼女は体調が悪い事を理由に早々と店を後にした。

「社長、それは良く考えた方が良いですよ。決して一時的な感情で決めるべき事ではありません」

グラスに氷を入れる裕美子の手の動きを眼で追いながら、藤枝は顧問弁護士の白川の言葉を思い出していた。

「遺産を巡って世間の笑い物になるような事があれば、店の信用にも傷がつくことになります。それは社長にとっても、亡くなった先代にとっても不幸なことではありませんか?」

真剣な眼差しの藤枝に白川はなおも言葉を継いだ。

「いずれにしても、全ての財産を他人に譲ることは法律的に許されません。例え遺言状を書いたところで無理ですね。奥さんには最低限度の相続分が保証されています」

「どうやっても無理ですか?」

「遺言状にそれなりの理由を掲げて相続者を排除する方法はあります。しかし、その場合であっても、原因となる理由を裁判所に認めてもらう必要があります。一体奥さんとの間に何があったのですか?」

〈銀座瑞光〉という店が無ければ、全てを藤枝はぶちまけたかった。しかし、さすがの彼にもそれはできなかった。思いつめた藤枝の様子に白川は〝自筆遺言状〟の作り方を教えた。そして、再びこう付け加えた。

「決して短兵急に決めてはいけませんよ。じっくり考えて下さい」

藤枝の心は決まっていた。例え全てではなくとも、出来る限りの財産を裕美子に渡そうと思っていた。

藤枝は傍らに置いてあったアタッシュケースに視線を移した。先ず手始めにできるところから手を着けようと思った。その最初が自分専用の銀行口座にある現金であった。それを開けて、裕美子へ手渡す光景を藤枝は想像した。

「きっと、びっくりするだろうなあ」

再び裕美子の手の動きを見つめながら心の中で藤枝は満足そうに呟いた。

その裕美子の手はアイスペールから氷を一つずつ藤枝のグラスへ運んでいた。そして運命の氷がアイスペールの底から取り出された。

次の瞬間、憎悪の対象となった妻の殺意は、全財産を渡そうとまで想った女性の手によって、グラスの中へ静かに落とし込まれた。

裕美子はウィスキーを入れると水を注ぎ、藤枝の前へグラスをそっと置いた。

「ありがとう」

藤枝はゆっくりと楽しむようにそれを口に運んだ。やがて、「ちょっと、トイレに行ってくるよ」と言うと席を立った。それが裕美子と交わす藤枝の最後の言葉となった。

藤枝が席を立っている間に、美代子と麗子の黒いシナリオは静かに琥珀色の液体へ溶け込んで行った。

翌日の午後三時頃京子からの電話によって計画がまんまと成功したことを麗子は知った。

二十七

「私ね、よく考えてみると損な取引をしたと思うのよ」

半年後に二千万円を渡した後、麗子からの電話があった。

「だってそうでしょう? あなたはご主人が亡くなって莫大な財産を手に入れた。それに引きかえ、私はたった三千万円ですものね」

無言の美代子に構わず、彼女は話し続けた。

「お金って、あればあるだけ使い道があるものね。あなたから頂いたあのお金も、ほとんど無くなったわ。あなたはまだ使いきれないくらい持ってるのでしょうね。それも、全く自分の手を汚さずにね」

「悦子さん、あなた何を言いたいの?」

健一との計画を実行するために麗子は必死であった。手付けの一千万円はサラ金の返済とホストクラブ、そして残額は健一に渡した。半年後の二千万円も開店資金に消え、さらに不足する資金を工面せねばならなかった。これら多額な現金は全て銀行口座を通す事なく健一に流れたのであった。従って、善蔵たちが掴む事ができた不審な金の流れは、わずかにサラ金の返済分だけであった。

「だから、分かるでしょう？　やった仕事相応のお金を頂きたい、とこういうわけ」

内心断ろうと思ったが、試しに美代子は探りを入れてみる事にした。

「遺産を相続したと言っても、まだ税金も払っていないし、手元に現金はあまり無いのよ。でも、三百万円くらいなら何とかなるわ」

受話器の向こうで麗子の声は弾んだ。

「あら、助かるわ。それで良いわよ。いつ頂けるかしら？」

美代子は用心をして、都心から離れたレストランを選び麗子に現金を手渡した。

しかし、彼女が麗子に金を手渡すのはこの日が最後にはならなかった。麗子は、その後も美代子に代償の追加を要求したからである。

それらの金は言うまでもなく全て健一に渡されていた。麗子は健一との夢を実現するために美代子にたかったのであった。

そんなある日、善蔵の訪問によって、自分と麗子の関係を警察が掴みはじめていることを知った。驚いた美代子に麗子は電話口で言った。

「大丈夫よ、分かりっこないわよ。話したとおり、まさか氷の中に入れたなんて、誰も考えるはずが無いわ。証拠はもう溶けてしまっているのよ。びくびくする必要はないわよ」

「悦子さん、例の薬は処分したでしょうね？」

「大丈夫、もう捨ててしまったわ」

口ではそう答えたが、中身は捨てながらも、麗子は美代子の指紋がついたその小瓶を、万が一の証拠品としてしっかり保管しておいた。


とうとう麗子からの三度目の要求が来た。

「美代子さん、本当にこれが最後だから、もう少し何とかならないかしら？」

健一に全ての金をだまし取られた麗子にとって、今回もらう金だけが自分のものであった。それだけに彼女は必死であった。

「悦子さん、あなたこの前もこれで最後にすると言ったじゃない。私だってそんなに自由になるお金を持っている訳じゃないのよ」

「分かってるわ、本当にこれが最後よ。だから、あと一千万円ちょうだい。そのくらいは何とかなるでしょう？」

「分かったわ、でも直ぐにそんな大金は用意できないわ。都合がつき次第連絡するから待っていてちょうだい」

電話を切るとその場で美代子は考え込んだ。弱みにつけ込む麗子の要求がこれで終わるという保証はどこにも無かった。加えて、警察が二人の古い関係を察知した事実は彼女の心に重くのしかかった。いつかは全てが明るみに出る日が来るのではないかという恐怖感が徐々に美代子を襲いはじめていた。全てのほころびが麗子の存在から始まるような気がした。精神的に追いつめられた美代子の心の中で、新たなたくらみが渦巻きはじめていた。


友達の千秋と旅行社訪問の約束を取り付けた後、その場で美代子は麗子に連絡を入れた。

「何とか用意できたわ。今晩八時前にそちらへ行きますから、一人でいてちょうだい」

「あら、貴女が私の家に来るなんて珍しいわね。了解よ、お待ちしてます」

友達の千秋とあちこちの旅行会社を回りながら、意識的に美代子は全てのパンフレットを千秋に渡した。

千秋と別れると美代子は真っ直ぐに自宅へ戻った。夜六時ちょうどにお手伝いさんが勤務を終え帰宅した。美代子は転送電話機に携帯電話の番号をセットすると、用意してあった現金が入ったバッグを持ってそっと家を出た。

表通りでタクシーを拾うと、首都高速から第二京浜を通り、麗子のマンションのある山下町まで走らせた。

麗子のマンションの近くの路上で美代子は立ち止まった。人通りの少ない静かな道であった。計画通りに自宅の転送電話機へ電話をし、暗唱番号を入力した後に転送先を高倉千秋の家へ変更した。そして、自宅の番号をダイヤルした。その電話は高倉千秋の家へつながり、折り返し電話をくれるように美代子は依頼した。ここまでは予定通りであった。この直後、ほんの些細な、しかし彼女にとっては重大な出来事が起こった。

この時、彼女が電話し終えるのを背後で待ちかまえている老人がいた。美代子が電話し終えるやいなや、その老人は話しかけてきた。

「すみませんが、今どの辺りでしょう?」

一枚の地図をその老人は手にしていた。

「あの……私この辺りはあまり詳しくないのです」

不意を突かれて戸惑いながら彼女は言った。

「海はどちらの方向か分かりませんか? この地図の向きはこうでしょうか? それともこうなのかな」

なおも老人は美代子を頼りにした。

そして、道に迷ったこの老人の応対によって、転送電話機の転送先を再び携帯電話に切り替える作業はほんのわずかな時間遅れてしまった。

そのわずかな間隙をついて、自動車セールスマンの武井の電話が着信してしまったのである。

再び転送電話機の転送指定を携帯電話に戻し、彼女は大きく深呼吸をした。そして、何となく辺りを見回した。視界に入る人影が無いのを確かめると、左手をポケットに入れてみた。ガラス瓶の冷たい感触が手を伝った。これで何もかも終わるはずである。必ず終わる。そう自分自身に言い聞かせると、美代子はマンションの入り口へ向かった。

「あら、いらっしゃい。お待ちしてました」

麗子は例によって調子が良い挨拶をした。彼女が待っていたのは美代子ではなく、その右手に下げられたバッグに入った現金である事は明らかである。麗子はフリルのついたブラウスにピンクのミニスカートという出で立ちであった。

「そんな綺麗な格好をして、これからどこかへお出かけなの？」

美代子の問いに彼女は二三度頭を振りながらおどけて答えた。

「今晩、パパが来るのでーす」

「あら、一人きりでいてちょうだいと言ったはずですよ」

美代子が鋭い口調で抗議した。

「大丈夫、約束はきちんと守るわ。パパが来るのは十一時過ぎです。心配しないでよ」

そう言いながら麗子は椅子から立ち上がると、紅茶を入れるため、キッチンへ入って行った。

会う度に美代子が飲むのはレモンティーである事を麗子は知っていた。そしてこの日、気を利かせて麗子はレモンティーをテーブルの上に出したのであった。

美代子は改めて部屋の中を見回した。およそ女が住んでいるところとは思えない、週刊誌や新聞が床に無造作に散乱していた。脱ぎかけの洋服がソファーに放り出してあった。そんな麗子のルーズさが、いつか警察に隙を見せるのではないかと美代子は心配だった。

紅茶をテーブルの上に置いた麗子に美代子が問いつめた。

「ところで、あなた派手にお金を使っていないでしょうね？」

「なぜ？　お金は使うためにあるんでしょう？」

平然と麗子が答えた。

「警察はきっとあなたの事も調べているわ。出所が分からない大金を使っていれば、そのうちきっと足がつくわ」

ティーカップに角砂糖を入れながら麗子が自信たっぷりに言った。

「分かるはずがないわ。あのトリックは完璧よ。この前警察に呼ばれた時も結局無罪放免になったわ。心配は要らないわ。あの連中に分かるはずがないもの。まさか氷の中に薬を入れるなんてね」

「そうかしら。私は何となく不安なのよ」

そんな話はもうたくさんだと、美代子の声を遮るように麗子が言った。

「それより、約束のお金は持ってきて頂いたのでしょうね?」

麗子の目はしっかり美代子の黒いバッグに注がれていた。床に置かれたバッグに、美代子が手をかけた時、バッグの中で電子音がした。

「あっ、ちょっと待ってね」

美代子はバッグから携帯電話を取り出すと、それを耳に宛《あて》がった。

「藤枝です。ああ、千秋さん? ホテルの名前分かった? ちょっと待ってね、書く物を捜すから……」

美代子が話している間中、麗子の視線はじっと黒いバッグに注がれていた。自分を殺すためのアリバイ工作が、今進行中だとも知らずに。

電話が終わると美代子がすまなさそうに言った。

「ごめんなさい。友達と旅行に行く相談をしていたのよ。ちょっと海外へ行って、いやな事を忘れようと思ってね」

「羨ましいわね。私にとって今頼りになるのはお金だけよ。間違いなく一千万あるのでしょうね？」

美代子は携帯電話をバッグにしまうと、右手で黒いバッグを持ち上げ膝の上に置き、それを抱きかかえるようにした。それから、直ぐにでもそれを受け取りたいという顔をしている麗子に言った。

「お金を渡す前に一つ条件があるわ」

「条件？」

おいしい食べ物を前に、お預けを食らわせられた哀れな犬は、怪訝そうな顔をして尋ねた。

「そうよ、もう二度とお金を要求しないという証文を書いて欲しいの」

美代子の意外な言葉に、大きな声で麗子は笑い出した。そしてまじめな顔に戻ると言った。

「大丈夫よ、本当にこれっきりにするわ。嘘は言いません」

「私があなたからその言葉を聞くのは三度目よ。申し訳ないけど信用できないわ。書いてくれなければ、このまま私は帰らせてもらいます」

美代子の真剣な口調に、麗子は一瞬たじろいだ。

「分かったわよ、そんなに信用できなければ書いてあげるわよ。どうすれば良いの？」

麗子の言葉を聞きながら、美代子の右手はポケットの小瓶をそっと触っていた。

「便せんのような綺麗な紙と、サインペンはないかしら？」

「便せん？　レポート用紙ならあると思うけど、ちょっと待ってね」

麗子が椅子を立って背中を向け、隣の部屋へ行く瞬間を美代子は見逃さなかった。素早くポケットの小瓶を取り出すと蓋を開け、麗子のカップに白い粉を流し込んだ。

「こんなもので良いかしら？」

レポートパッドとサインペンを持って麗子が戻ってきたとき、美代子は麗子のカップを手の届かないテーブルの角にずらした。書き物をするのには邪魔だろうという素振りで。もちろん、書く以前に飲まれては困るからそうしたまでである。そんなたくらみを麗子は知る由も無かった。

テーブルの上に真っ白な紙を開くと麗子が聞いた。

「なんて書けばいいのかしら。こういう難しい作文はしたことがないからどう書けば良いのか分からないわ」

「これは私とあなたとの間だけの証文よ。人に見せられるものではないわ。だから形式はどうでも良いのよ。縦書きで、そうね……」

美代子はちょっと考える素振りを見せるとやがて言った。

「『もうこれで終わりにします』と書いてちょうだい」

「それだけで良いの？」

「そうね、その後に『さようなら』とつけ加えてもらおうかしら。私と会うのはこれを最後にして欲しいのよ」

「用心深いのね。それだけでいいの？」

「それで十分よ。そして左下へ『悦子』とだけ書いてちょうだい。そうすれば、万一他人に見られても平気だわ」

「そうよね、他人にこんなの見つかったら大変よね。自分の亭主を殺させたなんてね」

サインペンで美代子に言われたとおりに書き上げると、それを手渡しながら麗子は言った。

「どう、これで満足かしら？」

美代子はそれを受け取り眼を通すと、小さく頷きテーブルの上に置いた。

「ええ、これでいいわ。これがあなたに渡す最後のお金よ。きっかり一千万円あるわ。念のため数えてちょうだい」

麗子は再び席を立つと、赤いジーンズ製のナップサックを持って戻ってきた。

「あなたに限って数え違えるなんて事はないから、その必要はないわ」

無造作に片っ端から札束をそのナップサックに放り込んだ。札束を入れ終わった時、美代子は何気なくテーブルの角に置いたカップを麗子の前へと戻した。麗子はほっとしたように言った。

「これで取引完了ね」

「そう、最後のね」

「あら、大丈夫よ。二度とお金を要求したりしないわ。証文まで書いたのですからね。本当にあなたはしっかりしてるわ。しっかりした悪女よね」

そう言いながら、麗子はティーカップを口元へ持っていった。美代子の視線がじっとそこへ注がれた。麗子は一口喉に通すと、カップを皿の上に置いた。

「あなたは……」

次の瞬間、うめきとも思える声を発しながら、全身を痙攣させ椅子とともに真横に床の上に倒れ込んだ。そしてやがて全く動かなくなった。その一部始終を顔色も変えずに見ていた美代子は、自分のバッグからキッチン用の薄いゴム手袋を取り出した。自分のカップをキッチンに運び、全てを洗い流し食器棚に戻した。台所シンクの三角コーナーから使用済みのティーバッグを拾い上げ、自分が使ったレモンスライスと共にティッシュに包み、バッグに放り込んだ。そして現金を再びバッグに戻した。そして麗子が書いた証文の隣にサインペンをきちんと揃えた。なおも入念に、ハンカチで自分が触れたところを拭って指紋を消した。

全ての作業が終わり、ドアを出る時に横たわっている麗子に美代子は言った。

「本当に、さようなら」

麗子のマンションを出て、大通りへ向かう途中バッグの中の携帯電話が鳴った。予期せぬ電話であった。しかし、これが彼からの二度目の電話だったとは、その時の美代子には知る由も無かった。

「あら、武井さん? こんな時間になにかしら?」

自動車ディーラーの営業マンからのどうということもない電話であった。

「ええ、すごく調子がいいですよ。あら、車検が近いのですか? すっかり忘れていましたわ。そちらの都合の良い時で結構ですよ」

電話を終えた時、美代子は内心「しめた」と思った。これで自分のアリバイがより確実なったと思ったのである。しかし、実はこの電話が命取りになった。

大通りでタクシーを拾い、後部座席に身を沈めながら輝く街の灯をぼんやりと眺めながら、美代子は心の中で呟いた。

「もうこれで全て終わったんだわ」

自分が二人の人間の命を奪ったという実感は全く無かった。その事が発覚するかも知れないという不安感も不思議に沸いてこなかった。それほど完璧に事は運ばれたように思えた。全く完璧に。

しかし、一度切り取ったレモンが再び元に戻るはずはなかった。

二十八

「氷の中に青酸カリを入れる事は立花悦子一人で考えたものですか?」

取り調べ室のテーブルを挟んで善蔵と美代子が向き合っていた。全てを自供した美代子は素直に質問に応じた。

「そうです、彼女が一人で考えた事です。私は薬を渡しただけで、どう使うかは彼女に任せました。どのようにして使ったのか、後で尋ねたら教えてくれました」

「それを聞いた時、どう思いましたか?」

うつむいたまま、か細い声で彼女は答えた。

「大丈夫、見つからないと……」

「悦子を殺そうと思ったのは、多額の金をせびられたからですか、それともご主人の殺害がばれると思ったからですか?」

「両方だと思います。しかし、どちらかというと、事件の発覚を恐れる気持ちの方が強かったと思います。悦子さんがいつか誰かにしゃべってしまうのではないかと……」

「それが心配だったわけですね」

善蔵の言葉に美代子は小さく頷いた。

「それに奥さん、あなたも立派な学校を卒業した身だ。例えご主人が全財産を他の女性に譲るという遺言状を書いたところで、法律上遺留分として十分な額が貴女に残ることくらい知っていたはずだ。それなのになぜ殺そうと思ったのですか？」

善蔵の言葉に、それまでうつむいていた顔を上げると美代子は答えた。

「田草川さん、金額の問題ではないのです。私にとっては、藤枝の意志によって別な女性に財産を渡されること自体が許せなかったのです。それに……」

「それに？」

「それに、もしかすると、全ての事を藤枝が遺言状に書いてしまうかも知れないと思いました。そうなれば遺産等という問題ではなくなります。私のトップデザイナーとしての過去が全て失われてしまいます」

すると、善蔵は諭すような口調で言った。

「奥さん、貴女は愚かな選択をしましたね。いずれ貴女にも六つの鳥居の前に立つ時が必ずやって来るでしょう。冥土の裁判官達は貴女の職業や社会的な地位など尋ねません。問われるのは奥さん、貴女の人格だけなのです。それにしても、貴女は一生供養しても供養しきれない人間を二人も作ってしまった」

善蔵の言葉を聞く美代子の両肩は細かく震えていた。


その後の家宅捜査で藤枝の自宅の物置から、転送装置付きの電話機が発見された。また、悦子のマンション周辺の聞き込みで美代子の目撃証言も得られた。

全ての取り調べを終えた後、係官に促され部屋を出ようとした美代子が、振り返りざまに善蔵に聞いた。

「田草川さん、田草川さんはどうして私たち夫婦の間が終わっていると気づいたのですか?」

美代子の虚ろな眼を見つめながら善蔵が答えた。

「アタッシュケースからです。今にして思えば、ご主人が峰岸裕美子さんへ渡す現金を入れていた例のアタッシュケースです」

「アタッシュケース?」

「そう、あの夜ご主人が持っていたあのアタッシュケースです。あの鍵のナンバーは『4795』でした。峰岸裕美子さんの電話番号を見て、どこかで見たような番号だと思いました。しかし、なかなか思い出せませんでした。後になって、その電話番号はあのアタッシュケースのナンバーと同じだという事に気がついたのです。暗証番号というものは個人的に忘れられない数字を使うものです。その数字が貴女との生活の場ではなく、峰岸裕美子さんの自宅の電話番号だった。その事に気づいた時、これは単なる不倫ではなく本気だと思ったのです。そして、ご主人の顧問弁護士の白川先生を訪ねました。そうしたら案の上、ご主人は全財産を峰岸さんに譲るための相談を持ちかけていた事を知ったのです」

「そうでしたか」

寂しそうに答えると、深々とおじぎをして美代子は取調室を後にして行った。

*

「あら田草川さん、いらっしゃい。お久しぶりですね」

〈アズナブール〉のドアを開けると、ママの京子の明るい声が飛んできた。

「やあ、ずいぶん繁盛しているようだね」

店の中はほぼ満席に埋まっていた。二人はカウンターの角に陣取ると珍しく水割りをオーダーした。

「善さん、松隈課長が飲み代をくれるなんて、珍しい事もあるもんですね」

「ははは、きっと、ばつが悪かったんだろう。あの男も結構良いところがあるじゃないか」

そう言いながら、善蔵は藤枝が倒れた辺りを振り返った。

「それにしても、後味の悪い事件でしたね」

水割りを口にしながら風間が言った。

「馬鹿を言え、後味の良い事件などあるものか。この商売をやればやるほど人間の煩悩の深さ、恐ろしさを痛切に感じるよ。あの女たちにしたところで、明日食う米に窮していたわけでもない。あの世で裁きを受ける前に、自らを『餓鬼道』に落としめたようなもんだ」

頷きながら風間が善蔵に言った。

「善さん、オレ、一つだけ聞きたかった事があるんです」

「何だね」

「あの奥さんの指紋はいつ、どうやって採ったんですか?」

不思議そうに尋ねる風間に、平然と善蔵は答えた。

「藤枝の通夜へ行った時、峰岸裕美子のモンタージュを見せただろう? あの時、彼女に写真を手渡してそこから採っておいた」

「ええっ! それでは、善さんはあの時すでにあの奥さんが怪しいと睨んでいたんですか?」

風間が素っ頓狂な声をあげた。

グラスを傾けながら善蔵は言った。

「事件が始まったばかりで、そんな事はわかりっこない。刑事の性というやつだな。事件に関係している人間は全て疑ってかかってしまう。知らず知らずのうちに、この職業の垢がすっかり身に染みついてしまったようだ。私はやはり捨戒なんだろう」

「シャカイ？　何の事ですかそれは？」

「『捨』てる『戒』めと書いてシャカイと言う。『戒』とは僧侶が守らねばならない戒律のことだ。戒律を捨てた僧侶。つまり、戒を破って俗世間に堕落してしまった坊主のことを言う。僧侶の仲間内で、私はそんな風に呼ばれている」

「そうなんですか」

善蔵は、グラスの中の淡い琥珀色を見つめながら言葉を継いだ。

「私は、僧としての戒を捨ててしまったが、あの女たちは人としての戒を捨ててしまった」

完

参考文献
富永航平　「仏教通」株式会社学習研究社
ひろさちや　「仏教の世界観」鈴木出版株式会社

作品中の人物および団体はすべてフィクションであり、実在のものとは関係ありません

【著者略歴】
九条　洋（くじょう　ひろし）ペンネーム
昭和22年北海道出身
昭和45年明治大学政経学部卒
28年間の会社員生活後独立
現在東京都目黒区在住

捨戒《しゃかい》

2000年12月1日　初版第1刷発行

著　者　九条　洋
発行者　瓜谷綱延
発行所　株式会社　文芸社
〒112-0004　東京都文京区後楽2-23-12
電話　03-3814-1177（代表）
03-3814-2455（営業）
振替　00190-8-728265
印刷所　株式会社　平河工業社

乱丁・落丁本はお取り替えいたします。

ISBN 4-8355-1067-4 C0093